Wenn schon Weihnachten

Verena Martin

Ylva

Danksagung

Ich möchte mich beim gesamten Ylva-Team für die Chance bedanken, die ihr mir mit diesem Buch gegeben habt. Nach einer für mich sehr belastenden Zeit bin ich außerordentlich glücklich, in euch einen Verlag gefunden zu haben, bei dem ich mich sicher fühle und mit dem die Arbeit Spaß macht.

Außerdem möchte ich mich auch bei allen herzlich bedanken, die mir in der schweren Zeit zur Seite standen und den Mut gaben, meinen Traum vom Schreiben nicht aufzugeben. Euch allen widme ich diese Geschichte.

Kapitel 1

»So wird das nichts.«

Anna stand hinter ihrem Fahrzeug, als die fremde Stimme sie von der Seite her ansprach. Aus den Augenwinkeln sah sie, dass sich jemand neben sie stellte und die Arme verschränkte.

»Bitte?« Anna drehte sich um. Sie musste den Kopf ein ganzes Stück anheben, bis sie in braune Augen blicken konnte.

»Dein Auto ist zu klein«, bemerkte die junge Frau mit einem frechen Grinsen. Sie schaute zwischen Anna, dem Weihnachtsbaum und dem dazu im Vergleich wie ein Spielzeugauto wirkenden Kleinwagen hin und her.

»Es muss passen.« Anna schüttelte die Arme aus und versuchte, ihre verkrampften Finger zu entspannen. Die Bänder des Verpackungsnetzes hatten sich trotz der dicken Winterhandschuhe regelrecht in die Haut eingegraben. »Dann eben auf dem Dach!«

»Das wäre eine Möglichkeit, ja.« Die Frau trat an Annas Wagen heran. Sie betrachtete ihn eingehend. »Hast du Spanngurte dabei?«

Anna hatte den Weihnachtsbaum bereits angehoben, ließ ihn jetzt aber wieder vor ihre Füße sinken. »Nein«, seufzte sie. »Ich dachte, die bräuchte ich nicht, weil ich den Baum im Auto transportieren wollte.«

»Also, dann wird es auf dem Dach schwierig. Es sei denn, du willst ihn mit einer Hand festhalten. Aber das wäre rein fahrtechnisch ziemlich gefährlich.« Als Anna mit den Augen rollte, zwinkerte die Frau. »Es gibt noch eine Möglichkeit.«

»Ach?« Anna klopfte die Tannennadeln von den Handschuhen und stemmte die Hände auf die Hüften.

»Mein Auto ist größer.« Die Frau drehte sich um. Sie deutete auf die gegenüberliegende Fahrzeugreihe. »Ich parke da vorn.«

Anna schaute an dem ausgestreckten Zeigefinger der Fremden entlang. Da der Parkplatz des Möbelhauses, vor dem sie standen, bis auf den letzten Platz zugeparkt war, konnte sie nicht ausmachen, welches Fahrzeug die Frau meinte.

»Der schwarze Pick-up.« Die Frau trat hinter Anna und deutete über ihre Schulter. »Dort drüben.«

Die Haare in Annas Genick stellten sich auf, als der Atem der Fremden ihre Wange streifte. Anna nickte bedächtig und trat einen Schritt nach vorn. »Das könnte gehen. Aber warum würdest du …?«

»Weil ich mir das Spektakel jetzt schon eine Weile angeschaut habe«, fiel ihr die Frau ins Wort. »Und ehe du alle Nadeln am Baum verlierst, ist das die geschicktere Variante. Außerdem ist bald Weihnachten. Da soll man Gutes tun, oder?« Sie schob eine braune Haarsträhne zurück unter ihre Wollmütze.

»Danke.« Aus den Augenwinkeln betrachtete Anna die Fremde.

Sie war bestimmt zwei bis drei Köpfe größer. Auch wenn die dicke Wintersteppweste das meiste verdeckte, so wirkte sie fast schon schlaksig. Ihr Gesicht wurde durch ein Lächeln, das ihr bis in die Augen strahlte, erhellt.

»Kein Problem.« Die Frau beugte sich zu dem Tannenbaum herunter und griff in das Verpackungsnetz. »Ich fahr dir hinterher.«

Anna konnte gar nicht schnell genug reagieren. Schon hatte die Frau den Baum angehoben. Zielstrebig ging sie mit ihrer Ladung auf den Pick-up zu.

Annas Blick glitt über den Rücken der Fremden. Von dort hinunter bis zu einem durchtrainierten Hintern. Die Hitze stieg in Annas Wangen. Die Fremde war erst ein paar Schritte gegangen, als Anna auffiel, dass sie hinkte. Trotzdem schien es ihr nichts auszumachen, den Baum bis zu ihrem Truck zu schleppen und ihn auf die Ladefläche zu hieven.

Anna starrte der Frau regungslos hinterher. Doch als die in ihr Auto kletterte, beeilte Anna sich, in ihr eigenes Fahrzeug zu steigen und auszuparken.

Auf der gesamten Fahrt ließ sie den schwarzen Pick-up kaum länger als eine Sekunde im Rückspiegel aus den Augen. Nicht, dass die Fremde abbog und hinter allen Bergen verschwand. Zusammen mit ihrem Baum.

»Lass mich raten, Dachgeschosswohnung?« Die Fremde lehnte den Weihnachtsbaum gegen die Hauswand. Sie schaute an der Fassade des Altbaus entlang nach oben.

»Nein.« Anna öffnete die Haustür. »Vierter Stock.«

»Ach so.« Die Frau lachte auf. »Naja, das ist zu schaffen.«

»Danke für die Hilfe.« Anna schob den Hausschlüssel in ihre Jackentasche. »Das wäre echt nicht nötig gewesen.«

»War mir ein Vergnügen.« Die Fremde lächelte, während ihre Augen verstohlen über Anna huschten. Als sich ihre Blicke trafen, schaute sie schnell fort und fasste nach dem Baum.

»Nein, nein!« Anna hob eine Hand. »Von hier aus schaffe ich das. Du hast schon genug gemacht. Bis oben sind es ein Haufen Stufen.« Anna spähte zum Bein der Frau.

»Der Baum wird schwer, wenn man ihn allein tragen muss.« Die Fremde hob die Augenbrauen. »Es macht mir nichts aus, dir mit dem Hochtragen zu helfen. Und das da …« Die Frau deutete auf ihren Fuß. »Sportverletzung.«

»Aber …« Anna wich den braunen Augen aus.

»Na komm, ich beiß nicht. Ich trage nur deinen Schatz mit hoch. Und dann gehe ich.« Die Stimme der Fremden hörte sich mit einem Mal viel sanfter an.

»Na gut.« Anna griff in das eine Ende des Netzes am Baum. Gemeinsam hoben sie ihn an. Oben angekommen ließ Anna ihre Seite des Baums mit einem Stöhnen zu Boden sinken. Ihr Atem ging schwer. Vor allem die letzten Stufen waren ein Kampf gewesen. Sie beugte sich über und schnappte nach Luft.

»Puh … Sag mal …« Ohne sich aufzurichten, schaute Anna zu ihrer Helferin. »War das nicht anstrengend für dich?« Die Fremde schien kaum schneller zu atmen.

»Ging schon.« Die Frau lehnte den Baum vorsichtig gegen den einen Flügel der Wohnungstür. »Allein wäre es heftig gewesen.«

Als Anna zu etwas mehr Luft gekommen war, fummelte sie in ihrer Jackentasche nach dem Wohnungsschlüssel. »Da hast du recht.« Sie öffnete die Wohnung sperrangelweit. »Nochmals danke.«

Die Fremde nickte und wendete sich der Treppe zu. »Du kommst ab hier zurecht?«, fragte sie im Umdrehen.

»Ja. Der kommt jetzt erst einmal auf den Balkon. Es sind ja noch ein paar Tage bis Weihnachten.« Anna betrachtete die Tanne von oben bis unten. Wie so oft in den letzten Tagen kribbelte es vor Aufregung in ihrem Bauch.

Die Fremde stieg die ersten Stufen herunter. Dann hielt sie an. Mit beiden Händen auf dem Treppengeländer lehnte sie sich nach vorn, um zu Anna nach oben schauen zu können. »Sag mal, darf ich dich etwas fragen?«

Anna lächelte, als sie die schüchterne Frage hörte. Sie trat an die Stufen heran. »Hm?«

»Warum wolltest du so einen Riesen? Da gab es doch auch kleine Bäume, die niedlich waren.«

Anna brauchte nicht lange zu überlegen. »Wenn schon Weihnachten, dann richtig.«

Die Fremde schien nachzudenken. Nach einer kurzen Atempause nickte sie. »Stimmt.« Sie hob eine Hand zum Gruß.

»Warte!«, rief Anna. »Wie heißt du überhaupt?«

Die Fremde schaute zu Anna zurück. »Heike.«

»Ich heiße Anna.« Sie lehnte sich über das Treppengeländer.

Heike winkte ihr erneut zu und ging die Treppe hinunter.

Anna sah ihr hinterher, bis sie hörte, wie sich die Haustür öffnete und hinter Heike wieder schloss.

»Heike …«, raunte Anna. »Schöner Name.« *Schöner Hintern.* Anna schüttelte den Kopf, als ihr bewusst wurde, was in diesem Moment vor ihrem inneren Auge aufgetaucht war. Dabei hatte Heike keinerlei Anstalten gemacht, sie anzubaggern.

Anna grinste, griff nach dem Baum und zerrte ihn in die Wohnung. Sie hinterließ eine lange Spur von Nadeln, die sich durchs Wohnzimmer bis zur Balkontür zog. Heike war genau ihr Typ. Groß, schlank und rehbraune Augen, dazu die kurzen Haare, die unter der Wollmütze hervorgeschaut hatten.

Wahrscheinlich eine Hete, überlegte Anna, während sie den Baum auf dem Balkon ablegte. Ohne ihr Zutun wanderte ihr Blick über die Balkonbrüstung hinunter zum Parkplatz vor dem Haus. Der schwarze Pick-up wendete in diesem Moment auf der Straße. Kurz bevor er davonfuhr, kam ein Arm aus dem Fahrerfenster. Die Hand winkte zu Anna hinauf.

Anna senkte den Kopf. Sie hielt den Atem an, als ihr Herz vor Schreck einen Schlag aussetzte.

»Verdammt!« Anna lugte über das Geländer. Heike war fort. »Immerhin fährt sie einen Pick-up«, murmelte sie. Sie stand langsam auf, um zurück in die Wohnung zu gehen. *Welche Hete fährt schon einen Pick-up?*

Kapitel 2

»WAS SUCHST DU ÜBERHAUPT?«

Heike schloss den Karton, den sie durchwühlt hatte, und hievte ihn zur Seite. »Ich hab's gleich.« Sie öffnete den nächsten und spähte hinein.

»Das hast du schon vor zehn Minuten gesagt.« Inka lehnte sich mit der Schulter gegen die Kellerwand. Sie schnaufte durch. »Ich dachte, du wolltest nur ganz kurz im Haus deiner Eltern vorbeischauen und nicht ihren halben Keller durchwühlen. Außerdem hatten wir heute noch etwas vor.«

»Sei doch nicht so ungeduldig.« Heike warf einen Blick über die Schulter. »Als meine Trainingspartnerin und beste Freundin könntest du mir ruhig helfen.«

»Wenn du mir nicht einmal sagst, was du suchst, wie soll ich dir helfen?« Inka verschränkte die Arme vor der Brust.

Heike wendete sich wieder der Kiste zu. Sie schob ihre Hand in die Untiefen des Kartons, bis sie endlich das, was sie suchte, ertasten konnte. »Da ist er ja!« Mit ihrem Fundstück in der Hand drehte sie sich zu Inka um.

»Ein Weihnachtsstern?« Inka stieß sich von der Wand ab.

»Für den Weihnachtsbaum.« Heike wischte über den goldenen Stern, um ihn von der feinen Staubschicht zu befreien. Sie hielt ihn in die Höhe und betrachtete ihn von allen Seiten. »Der wird auf dem Baum super aussehen.«

Inka trat an Heike heran. »Du sprichst in Rätseln. Wo hast du denn bitte einen Weihnachtsbaum?«

»Nicht ich.« Heike lächelte. »Anna.«

»Anna?« Inka legte die Stirn in Falten. »Willst du mir vielleicht irgendetwas erzählen?«

Heike schloss den Karton und ging in Richtung Kellertür. Sie wartete, bis Inka ihr hinterher kam, ehe sie das Licht ausschaltete und dann die Stufen zum Erdgeschoss hinaufstieg.

»Heike!« Inka holte Heike nach der letzten Stufe ein und schnappte ihren Arm. »Wer ist Anna?«

Heike wich Inkas Augen aus. »Nur so eine Frau.«

»Nur so eine Frau?« Inka ließ Heikes Arm los. »Jetzt rede doch!« Sie hob beide Hände. »Mensch, du machst mich ganz kirre. Sonst erzählst du mir doch auch immer, wenn du eine neue Flamme hast. Und jetzt, nach der langen Zeit, in der sich bei dir nichts in Sachen Frauen getan hat, hältst du hinterm Berg?«

Heike legte den Weihnachtsstern auf die Kommode im Hausflur. »Da gibt es ja auch nichts Großes zu erzählen.« Sie griff nach ihrer Wintersteppweste und schlüpfte hinein. »Ich habe sie letzte Woche vor dem Möbelmarkt gesehen, als sie versucht hat, ihren Weihnachtsbaum ins Auto zu quetschen. Der war aber so riesig, dass er nicht reingepasst hat. Deshalb habe ich ihr damit geholfen und ihn zu ihr nach Hause gebracht.« Heike schnappte sich ihren Schlüsselbund und den Stern. »Er würde einfach super zu ihrem Baum passen. Das ist alles.«

»Das ist alles?« Inka beugte sich zu Heike. »Warum leuchten dann deine Augen, wenn du von dieser Anna redest?«

Heike wendete das Gesicht ab. »Machen sie doch gar nicht.« Sie legte eine Hand auf Inkas Rücken und bugsierte sie in Richtung Haustür. »Worauf hast du Lust? Griechisch? Oder doch lieber Pizza?«

Im Vorbeigehen an der Garderobe fischte Inka nach ihrer Jacke, ehe sie sich vor die Tür schieben ließ. »Du weichst aus.« Sie hob einen Finger und deutete auf Heike. »Ich kenn dich doch. Mir kannst du nichts vormachen.«

»Pizza oder Gyros?« Heike legte einen Arm um Inkas Schulter. »Deine Wahl. Ich bezahle.« Mit Nachdruck zog sie ihre Freundin in Richtung ihres Pick-ups, der vor dem Haus geparkt stand.

Inka schob die Unterlippe nach vorn. »Solange du mir nicht erzählst, was hier vor sich geht, gehe ich nirgendwo mit dir hin.« Mit einer eleganten Bewegung glitt sie aus Heikes Arm.

Heike blieb ebenfalls stehen und studierte Inka. Sie kannte diesen Ausdruck in ihren Augen. Wenn Inka sich mal etwas in den Kopf gesetzt hatte, dann war sie nur schwer wieder davon abzubringen.

»Wie lange sind wir jetzt befreundet?« Heike ließ beide Arme heruntersacken.

Inka lächelte. »Seit dem Tag, vor vielen Jahren, als du in den Bundeskader übernommen wurdest.«

»Und wie oft habe ich dir in dieser Zeit etwas verheimlicht?« Heike legte den Kopf schief. »Oder habe ich dir immer gleich von allem erzählt?«

»Du hast mir immer alles erzählt. Zumindest, soviel ich weiß.«

»Siehst du.« Heike ging leicht in die Knie. »Können wir jetzt gehen? Mir ist echt kalt.«

Inka grummelte etwas Unverständliches und folgte Heike zum Auto. Nachdem sie beide eingestiegen waren – Heike auf der Fahrerseite und Inka auf dem Beifahrersitz – schnallte Inka sich an. »Ich habe trotzdem das Gefühl, dass du nicht ganz ehrlich bist.«

Heike seufzte.

Inka legte ihre Hand auf Heikes Schulter. »Seit Jahren bist du solo und hast mir erst vor Kurzem gesagt, dass das auch ganz gut so ist. Dass du zufrieden damit bist, weil du dich auf deine sportliche Karriere konzentrieren willst. Und dann ist da plötzlich diese Anna.« Inka zog die Hand zurück. »Das ist irgendwie komisch.«

Heike steckte den Schlüssel ins Schloss, lehnte sich aber im Sitz zurück. »Daran ist gar nichts komisch.« Sie schaute Inka einen langen Moment schweigend an.

Inka zog die Augenbrauen bis fast unter ihren Pony in die Höhe.

Schließlich ließ Heike die Luft durch halb geöffnete Lippen ausweichen. »Du kennst mich einfach zu gut.«

»Ich weiß.« Ein stolzes Grinsen erschien auf Inkas Gesicht.

Heike fuhr mit beiden Händen über das Lenkrad. »Du hast mit einer Sache Recht. Aber nur mit einer!«

»Wusste ich es doch!«

»Sie war schon ziemlich süß.« Heike lächelte, als vor ihrem inneren Auge ein Bild von Anna auftauchte. »Sie hat feuerrote Haare. Und ihre Augen ...« Heike biss sich auf die Unterlippe, als ihr Magen zu kitzeln begann. »Ich glaube, wegen der Haarfarbe leuchtet das Grün nur noch mehr.«

»Hm-hm.«

»Und ihre Figur ist auch nicht schlecht.« Heike zog die Hände zurück in den Schoß. »Wie sie da so stand, mit dem riesigen Baum und ihrem kleinen Auto. Der hätte niemals reingepasst. Sie aber wollte es trotzdem versuchen.« Heike schüttelte den Kopf mit einem Lachen. »Ich habe ihr bestimmt eine halbe Stunde zugeschaut, wie sie gekämpft hat.«

»Hm-hm.«

Aus den Augenwinkeln sah Heike, dass Inka mit sich rang, nicht zu lachen. »Was soll denn das ›hm-hm‹ bedeuten?«

»Dafür, dass sie dich nicht interessiert, hast du dir viele Details von ihr gemerkt.«

Heike fuhr sich durch das Haar. »Naja ... also ... das liegt wahrscheinlich daran, weil die Situation einfach so lustig war.«

»Und dass du schon immer eher auf exotischere Frauen gestanden hast, spielt keine Rolle.« Inka zwinkerte Heike an.

»Exotischere Typen? Nur, weil Katja es damals mit ihren Outfits übertrieben hat, heißt das doch nicht, dass es bei mir immer ›exotische Typen‹ sein müssen.« Heikes Wangen begannen zu glühen. »Außerdem stehe ich nicht auf Anna. Ich weiß noch nicht einmal, ob ich ihr den Stern überhaupt vorbeibringen werde.«

»Warum denn nicht?« Inka drehte sich zu Heike.

»Am Ende denkt sie noch, dass ich so eine Stalkerin bin«, erwiderte Heike. Sie war in der letzten Woche zigmal an Annas Wohnung vorbeigefahren. Aber den Mut, zu klingeln und ›Hallo‹ zu sagen, hatte sie nicht gefunden.

»Ich finde es eine nette Geste. Egal, ob du mehr von ihr willst oder nicht.«

Heike seufzte und zuckte mit den Schultern. »Vielleicht.« Sie griff nach dem Zündschlüssel und drehte ihn. Der Pick-up sprang mit einem leisen Brummen an. »Können wir jetzt endlich essen gehen? Ich habe Hunger. Und das ist dein letzter Abend vor dem Abflug ins Trainingscamp. Den würde ich gerne ungestört mit dir verbringen.«

Inka setzte sich wieder gerade hin. »Ist ja gut. Aber versprich mir, dass du mich auf dem Laufenden hältst, was diese Anna angeht.«

»Ja. Auch wenn es nichts zu erzählen geben wird.« Heike rollte mit den Augen. »Italiener oder Grieche?«

»Pizza.«

Heike schaute auf den Stern in ihren Händen herunter. Wie ferngesteuert glitten ihre Finger über das kalte Metall. Dann hob sie den Blick, starrte für einen langen Moment auf das Klingelbrett und seufzte. Zuletzt betätigte sie die Klingel.

Es dauerte keine Minute, bis sich eine weibliche Stimme meldete. »Ja, hallo?«

»Ähm …« Heikes Hals schnürte sich zu. »Anna?«

Am anderen Ende blieb es still.

»Mist!« Heike hätte sich am liebsten selbst gegen die Stirn geschlagen.

»Heike?«, kam die Stimme aus der Sprechanlage.

Heikes Herz machte einen Satz. Sie lehnte sich an den Lausprecher heran. »Ja, ich bin's. Vom Möbelmarkt. Mit dem Baum. Weißt du noch? Ich … ich habe hier etwas für dich.« Heike drückte einen Finger gegen eine der Spitzen des Sterns.

»Für mich?« Anna war hörbar überrascht.

»Darf ich es dir hochbringen? Ich bin dann auch gleich wieder weg. Es ist nur …«

Weiter kam Heike erst gar nicht. Noch ehe sie aussprechen konnte, wurde die Haustür aufgedrückt. Das Klacken in der Sprechanlage verriet, dass Anna aufgelegt hatte.

Langsam ging Heike die Treppen bis in den vierten Stock hinauf.

»Hallo.« Anna stand an der obersten Stufe. Sie hielt die Arme hinter dem Körper versteckt.

Heike lächelte. Ihr Blick glitt über Anna. Sie war klein. Viel kleiner als sie selbst. Ihre weiblichen Rundungen waren Heike schon beim letzten Mal – trotz der dicken

Winterjacke – nicht verborgen geblieben. Heute trug Anna nur ein Rollkragenshirt und eine Slim-Jeans.

Heike beeilte sich, ihren Blick von der Wölbung von Annas Brüsten auf ihr Gesicht zu lenken. Ihr Herz begann schneller zu schlagen. Heike nahm die letzte Stufe. »Hallo.«

»Willst du …« Anna setzte einen Schritt zurück. Sie deutete in die Wohnung. »Möchtest du kurz hereinkommen?« Ihr Blick streifte den Stern in Heikes Händen.

»Gern.« Heike folgte Anna in die Altbauwohnung.

»Du kannst ins Wohnzimmer durchgehen.« Anna ging, nachdem sie die Tür geschlossen hatte, an Heike vorbei. Verstohlen sah sie zu ihr.

Heikes Puls beschleunigte sich weiter. Sie zwang sich dazu, Anna nicht hinterherzusehen, stattdessen starrte sie verbissen auf ihre eigenen Füße.

»Bitte entschuldige das Chaos hier.« Anna hielt mitten im Raum hinter einer Couch an. Sie drehte sich um und grinste Heike verlegen an.

Erst jetzt bemerkte Heike die vielen Kartons, die überall aufgestapelt waren. Sie hob eine Augenbraue. »Bist du am Ausziehen? Sag jetzt ja nicht, dass der Baum gleich wieder runter muss!«

Anna lachte. Sie griff nach einem Pappkarton. Nachdem sie ihn geöffnet hatte, zog sie ein Stück einer verhedderten Lichterkette hervor. »Nein. Das ist so Weihnachtszeug.«

»Das alles?« Heikes Herz hatte sich mittlerweile etwas beruhigt. Sie blickte sich im Raum um. Es war unglaublich, wie viele Kartons überall verteilt waren. Selbst auf dem Wohnzimmertisch standen zwei.

»Wenn schon Weihnachten ...«, setze Anna an.

Heike zwinkerte. »Dann richtig.«

Anna stieg die Röte ins Gesicht. Sie stopfte die Lichterkette zurück. »Das soll ein besonderes Weihnachtsfest werden. Deshalb habe ich alles an Weihnachtsschmuck zusammengesucht, was ich bekommen konnte. In den Zeitungen haben die Leute das Zeug kistenweise angeboten. Das Meiste kann man aber nicht mehr benutzen.« Als nächstes zog Anna eine Packung mit Weihnachtskugeln hervor. Sie hielt sie Heike hin. Der größte Teil der bunten Kugeln war zerbrochen oder hatte Risse.

»Du brauchst dich vor mir nicht zu rechtfertigen«, stellte Heike sanft fest.

Anna wirkte in dem riesigen Durcheinander vollkommen verloren. Als ob sie an einem völlig überfüllten Schreibtisch saß und sich die Papierberge schon bedrohlich auf sie zuneigten.

Statt dem Verlangen, Anna in die Arme zu ziehen, nachzugeben, senkte Heike den Kopf. Ohne aufzuschauen, lächelte sie nervös. »Auf jeden Fall brauchst du den hier wohl nicht mehr.«

»Nein!« Anna machte einen Satz nach vorn, bis sie kurz vor Heike zum Stehen kam. »Doch ... ich meine, ja, ich brauche ihn.«

Heike ignorierte Annas gehetzte Reaktion. Sie betrachtete den goldenen Stern nachdenklich. »Er hat meiner Großmutter gehört. Sie hat ihn von ihrer Mutter geerbt. Und die schon von ihrer Mutter. Aber ... naja ... meine Großmutter ist vor zwei Jahren gestorben. Seitdem haben wir ihn nicht mehr herausgeholt.«

»Und da willst du ihn mir geben?«, fragte Anna.

Heike zuckte mit einer Schulter und lächelte Anna an. »Ich weiß auch nicht. Ich habe die ganze Zeit an deinen Baum denken müssen.« Heike stockte. Sie fuhr mit der Zunge über ihre trockenen Lippen.

Anna blinzelte, als sich ihre Blicke trafen. Ihr Mund öffnete sich ein Stück, als ob sie etwas erwidern wollte. Aber es kam kein Ton heraus.

Heike zwang sich dazu, ihre Aufmerksamkeit auf den Stern zu richten. »Ich habe dieses Jahr keinen so tollen Baum. Wenn man es genauer betrachtet, hatte ich noch nie so einen wunderbaren Baum.« Heike lugte nach oben.

Anna studierte sie noch immer mit offenem Mund.

»Der Stern ist viel zu schade, um in irgendeiner Kiste im Keller zu vergammeln. Und da dachte ich mir, weil du doch den Baum hast, ob du … also, ob der Stern nicht vielleicht … also … zu deinem Baum … da würde er doch zu passen … also … nur wenn du ihn dafür haben möchtest … aber du … musst ihn auch gar nicht benutzen … es ist kein Problem, wenn du ihn nicht haben möchtest … ich dachte nur … weil …« Heike konnte nicht mehr stoppen. So etwas war ihr noch nie passiert. Die Worte purzelten aus ihrem Mund heraus, als ob es kein Ende mehr gab.

Bis Anna noch näher an sie herantrat. Sie legte eine Hand über Heikes, die sie um den Weihnachtsstern geklammert hatte.

Heike stockte der Atem. Ein Kribbeln durchlief ihre Hand, ihren Arm hinauf und versickerte irgendwo in ihrem Magen.

»Der Stern ist wunderschön«, raunte Anna. »Es wäre mir eine Ehre, ihn auf den Baum zu stecken.«

Heike wagte es nicht, aufzuschauen. Anna stand ganz nah bei ihr. Ihre Zehenspitzen berührten einander schon fast. Annas Hand, viel kleiner als ihre eigene, fühlte sich warm und weich an.

»Ich gebe ihn dir aber wieder zurück, wenn ich den Baum abbaue, okay?« Anna nahm den Stern vorsichtig aus Heikes Händen.

»Hm …« Heike nickte langsam. »Ähm … also …« Sie räusperte sich.

Anna schien sich einfach nicht wegbewegen zu wollen.

Heike sah sich erneut im Zimmer um. »Das musst du alles noch sortieren?«

Annas Augen folgten Heikes. »Ja«, gab sie kleinlaut zu. Auch wenn ihr Körper so einiges dagegen hatte, irgendwie schaffte Heike es, den Muskeln zu befehlen, sich zu bewegen. Sie machte einen Schritt zur Seite. »Brauchst du Hilfe dabei?«

»Von dir?« Anna schien von Heikes Gedankengang vollkommen überrumpelt zu werden.

»Ich habe heute nichts vor«, erwiderte Heike. Sie fuhr mit einem Finger über den Rand eines Kartons. »Wenn du möchtest, kann ich dir beim Sortieren helfen. Zu zweit geht das schneller.«

»Das musst du nicht machen.«

»Ich weiß.« Heike lächelte.

Anna schien zu überlegen, während sie den Stern inspizierte. Mit einem Mal wendete sie sich ab und legte ihn auf die Fensterbank neben der Balkontür. »Ich würde mich freuen«, sagte sie kaum hörbar.

»Wirklich? Ich will dir nicht auf die Nerven gehen.«

»Tust du nicht!«, erwiderte Anna wie aus der Pistole geschossen. Sie schaute über die Schulter.

Heike versuchte, Annas Blick einzufangen, aber Anna drehte den Kopf fort. »Ich habe schon ein paar Kisten in Gruppen zusammengestellt. Das eine ...« Sie deutete in Richtung Wohnzimmertisch. »... sind die Kisten mit Schmuck für den Weihnachtsbaum. Die dort drüben ...« Anna zeigte zu den Kartons neben Heike. »... sind die Teile für die Fensterdeko und so.«

»Okay.« Heike zog ihre Steppweste aus und warf sie auf die Rückenlehne der Couch.

»Dann fangen wir besser an.« Sie rieb die Hände zusammen und ging zu der Kiste, aus der Anna die verknotete Lichterkette herausgezogen hatte.

Anna lehnte sich gegen die Fensterbank. Ihre Hände stützte sie darauf ab. »Ich weiß gar nicht, wo ich anfangen soll«, stellte sie fest. »Ich habe es wohl ein bisschen übertrieben.« Sie trommelte mit den Fingernägeln gegen die Marmorplatte.

Heike lachte auf. »Wenn das alles erst einmal ausgepackt ist, wird deine Wohnung einem Geschäft von *Käthe Wohlfahrt* gleichen. Aber zumindest hast du so die Auswahl.« Heike hatte mittlerweile die komplette Lichterkette aus der Kiste gezogen. Mit zusammengekniffenen Augen versuchte sie, ein Ende der Kette ausfindig zu machen.

Anna kam ihr zu Hilfe und griff in das Knäuel. Sie zog einmal daran. Im nächsten Moment hielt sie das Stück mit dem Stecker in der Hand. »Wer weiß, wie viel hiervon noch funktioniert.«

»Das sehen wir gleich.« Heike nahm den Stecker aus Annas Hand. Dass ihre Finger sich dabei berührten und ihr Arm schon wieder zu kribbeln begann, als ob sie an einen Elektrozaun gelangt hätte, ignorierte Heike.

Sie suchte nach einer Steckdose, und als sie eine gefunden hatte, schob sie den Stecker hinein. Der Knäuel erstrahlte in den buntesten Farben. »Et voilà! Geht noch!«

Anna kicherte. Als sich ihre Augen trafen, verstummte sie. Plötzlich verschwand jede Regung aus ihrem Gesicht.

Annas inniger Blick ging Heike bis unter die Haut. Es sah gerade so aus, als ob Anna versuchte, etwas aus ihren Augen zu lesen. Als ob Anna ganz tief in sie hineinschauen wollte. Als ob Anna …

Heike zwinkerte. Sie zog den Stecker wieder aus der Dose und räusperte sich. »Ähm ... was ... willst du mit der Kette machen?«

»Ich glaube, die ist für draußen«, sagte Anna mit bebender Stimme. »Du kannst sie zurück in die Kiste legen.«

»Oder auseinanderfieseln.« Heike konzentrierte sich auf das Knäuel in ihren Händen. »Du kannst sie anschließend an das Balkongeländer hängen. Das würde bestimmt toll aussehen.« Heike nickte in Richtung der Balkontür.

»Ja, das können wir auch machen.« Anna hatte sich schon abgewendet. Sie beschäftigte sich bereits mit einer anderen Kiste.

»Gut, gut …« Heike ging hinüber zur Couch und setzte sich hin. Mit der Lichterkette auf dem Schoß begann sie, das Gewirr zu entflechten.

Eine unangenehme Stille legte sich über den Raum, bis Anna anfing leise zu summen.

»Jingle Bells!« Heike schaute über die Rückenlehne der Couch zu Anna.

Anna hielt inne, überlegte und nickte mit einem Schmunzeln auf den Lippen. Ihre Blicke trafen sich.

»Mach ruhig weiter. Ich mag's.« Heike zwinkerte und konzentrierte sich dann wieder auf ihre eigene Aufgabe.

Es dauerte einen Moment, doch dann fing Anna wieder zu summen an. Und noch ein paar Sekunden später nahm Heike ihren ganzen Mut zusammen. Sie setzte in die Melodie mit ein.

Nach fünf weiteren Liedern ging Anna zur Couch herüber und setzte sich neben Heike. Die war immer noch mit der Lichterkette beschäftigt. Der größte Teil davon war aber schon entwirrt.

Anna platzierte eine kleinere Kiste auf ihrem Schoß. Sie wühlte durch den Inhalt. »Verrückt, was die Leute so alles für Kleinkram haben.«

Die Kiste war bis zum Rand mit Figuren und Christbaumschmuck in den verschiedensten Größen und Formen vollgestopft. Das weckte Heikes Interesse. Sie lehnte sich näher an Anna heran und schaute in den Karton. Anna hielt still. Jetzt, da Heike sich zu ihr gebeugt hatte, konnte Anna einen leichten Hauch von sommerfrischem Deo wahrnehmen.

Der Geruch ist mitentscheidend, ob das mit einer Beziehung etwas wird. Anna konnte sich noch gut an den Bericht, den sie vor Kurzem im Fernsehen gesehen hatte, erinnern.

»Man sollte vielleicht wieder die Tradition aufnehmen, Lebkuchen und Plätzchen an den Weihnachtsbaum zu hängen.« Heikes Stimme durchbrach Annas Gedanken.

»Was? Wieso?« Anna hatte nicht richtig zugehört. Viel zu schön war es gewesen, Heikes Gesicht so aus der Nähe studieren zu können. Zum Beispiel die kleinen Grübchen bei ihren Mundwinkeln. Sie waren immer besonders auffällig, wenn Heike lächelte.

»Na, die kann man aufessen und muss sie nicht irgendwo verstauen. Außerdem kann man jedes Jahr neue Teile backen und aufhängen.« Heike zwinkerte Anna an. Sie setzte sich wieder gerade auf. Ihre Aufmerksamkeit lenkte sie zurück auf das Gewirr auf ihrem Schoß.

»Dann hätte ich zumindest damit weniger zu tun«, stellte Anna fest. Sie deutete auf die anderen Kisten, die noch darauf warteten, ausgepackt zu werden.

»Sag mal ...«, Heike zwickte die Augen zusammen, als ob das die Knoten in der Kette schneller lösen würde. »Was hast du eigentlich damit gemeint, dass dieses Weihnachten besonders werden muss?«

Anna zog die Luft abrupt ein. »Ich … also … ähm … ich wollte damit nur sagen … Na ja, eigentlich meinte ich … gar nichts damit.«

»Entschuldige. Das war etwas zu persönlich.« Heike tat die Sache mit einem Kopfschütteln ab. »Ich denke, mit all dieser Deko hier wird es auf jeden Fall ein ganz spezielles Fest.«

»Speziell?« Anna hatte mittlerweile zwei Haufen an Figuren gebildet.

Die einen waren jene, die sie niemals gebrauchen würde – weil sie einfach zu hässlich oder kaputt waren. Das andere, viel kleinere Häufchen, war dasjenige, das zumindest in der engeren Auswahl stand.

»Nicht im negativen Sinn. Ich bin es einfach nicht gewöhnt, so viel Schnickschnack überall zu haben.« Heike schielte auf. Sie fügte schnell hinzu: »Also, nicht, dass ich es nicht schön finde. Aber bei uns läuft Weihnachten immer sehr steril ab. Klar haben wir einen Weihnachtsbaum und das alles. Aber der ist aus Plastik. Und der Schmuck daran ist auch nichts Besonderes. Durch meinen Leistungssport hatte ich bisher nicht die Zeit, mich groß um Vorbereitungen für Weihnachten zu kümmern.«

»Du bist Leistungssportlerin?« Anna betrachtete einen Engel aus der Kiste näher. Ein Flügel war leicht abgeknickt.

»Leichtathletin. Ich bin Läuferin.« Heike warf Anna ein Lächeln zu. Doch dann seufzte sie. »Ich sollte jetzt gerade im Trainingscamp für die Meisterschaften im Frühjahr sein. Aber mein Fuß hatte etwas dagegen.«

Anna warf die Engelfigur auf den Müllhaufen. Sie sah zu Heikes Bein. »Was ist passiert?«

»Riss der Achillessehne.«

»Autsch!« Anna zuckte unweigerlich zusammen. »Das habe ich mal im Sportunterricht mitbekommen. Hat einen schönen Schlag getan.«

Heike nickte und verzog da Gesicht. »Das kannst du laut sagen. In dem Moment dachte ich, ich müsste sterben.«

Anna neigte den Kopf zur Seite. Sie versuchte, Heikes Gesichtsausdruck zu lesen.

Aber Heike konzentrierte sich weiter auf die Lichterkette.

»Wird es voll ausheilen?«, fragte Anna vorsichtig.

»Ich wurde operiert.« Heike zuckte mit den Schultern. »Der Arzt meinte, da ich noch jung bin, bestehen große Chancen, dass alles wieder gut wird. Aber man weiß natürlich nie, wie so etwas ausgeht.«

Jetzt hatte Anna das leichte Zusammenzwicken von Heikes Augen doch gesehen. »Das tut mir leid.«

»Damit muss man als Sportler rechnen. Verletzungen können immer passieren. Man versucht zwar, so vorsichtig wie möglich zu sein, aber ganz vermeiden lässt es sich nie.« Heikes Lächeln wirkte aufgesetzt. Nach einem Moment fügte sie etwas nachdenklicher an: »Am Anfang hatte ich schon ziemliche Panik. Der Sport ist mein Leben. Und alle meine Träume, mich hoffentlich zur nächsten Olympiade qualifizieren zu können, sah ich schon davonschwimmen.« Sie schaute in Annas Augen, als ob sie ein Zeichen für

Verständnis suchte. Anna nickte. »Ich bin zwar selbst nicht gerade eine Sportskanone. Aber ich kann mir gut vorstellen, wie schlimm es sein muss, wenn man immer hart trainiert und sein ganzes Leben darauf aufbaut. Und dann das.«

»Als Sportlerin muss man auch lernen, sich durchzubeißen.« Heike lachte auf und zerrte an der Lichterkette. »So wie hier!« Sie knurrte und rollte mit den Augen.

»Wie lange machst du schon Leistungssport?«

»Seit meiner Kindheit. Ich habe recht früh gemerkt, dass mir das am besten liegt. Als ich die ersten Juniorenmeisterschaften gewonnen habe, haben es auch die großen Vereine mitbekommen. Ich bin dann auf ein Sportinternat des Deutschen Sportbundes gegangen. Ab da habe ich eigentlich nur noch trainiert und trainiert. Später habe ich dann eine Ausbildung bei der Bundespolizei begonnen. Ich wurde aber für meinen Leistungssport freigestellt. So kann ich mich voll aufs Laufen konzentrieren und meine ganze Energie in das Training stecken.«

»Das muss aber ganz schön anstrengend sein«, stellte Anna fest, während sie weiter durch ihre Kiste wühlte.

»Naja, es war schon immer genau das, was ich machen wollte.« Heike zuckte mit den Schultern. »Auf jeden Fall, um auf unser Thema zurückzukommen, war deshalb Weihnachten auch nie eine so große Sache.«

»Nicht mal, als du ein Kind warst?« Anna konnte sich noch sehr gut an die Weihnachten mit ihrer ganzen Familie erinnern.

»Da war es schon ein bisschen größer. Aber auch nie so bunt und voller Lichter und so. In den letzten Jahren sind meine Eltern immer über die Weihnachtsfeiertage weggefahren. Wie dieses Jahr auch. Mein Bruder wohnt mit seiner Frau und den Kindern in Kanada. Und da ich geplant hatte, den ganzen Dezember und Januar im Trainingscamp zu sein, fliegen meine Eltern über Weihnachten zu ihnen. Sie bleiben bis Anfang Februar dort.« Heike schenkte Anna ein Lächeln.

»Vermisst du deine Familie an den Feiertagen nicht?« Anna konnte Mitleid in sich verspüren.

»Ja, schon. Aber wenn man nie so außergewöhnliche Feiern hatte, kennt man es ja auch nicht.« Heike schien zu überlegen. Nach einem Moment sagte sie mit leiser Stimme: »Vielleicht ist es wirklich schön, die ganze Familie um sich zu versammeln.« Doch dann winkte sie die Sache mit einer Handbewegung ab, als ob es für sie keine große Bedeutung hätte.

Anna neigte den Kopf zur Seite. Sie betrachtete Heike. »Magst du Weihnachten nicht?«

»Ich stehe dem Ganzen ziemlich neutral gegenüber. Klar, wäre das eine schöne Möglichkeit, die Familie zusammenzubringen. Aber es war für mich auch nie ein Problem, im Trainingscamp mit den anderen Sportlern zu feiern. Allerdings …« Heike drehte den Kopf und als ihr Blick Annas traf, lächelte sie. »… lasse ich mich gern eines Besseren belehren.« Sie zwinkerte, ehe sie anfügte: »Ich habe auf jeden Fall nichts gegen Weihnachten.«

Anna schnaufte aus. »Das ist schön.«

»Du ja wohl auch nicht, wenn ich mir das hier alles so anschaue. Oder irre ich mich?« Heike drehte Anna den Oberkörper zu. Sie schien alles andere um sich vergessen zu haben.

Anna presste die Lippen fest zusammen. Dann ließ sie die Hände rechts und links von der Kiste auf ihren Schoß heruntersinken. Sie zwang sich zu einem Lächeln. »Ja, ich liebe Weihnachten. Es gibt kein schöneres Familienfest, finde ich. Meine Mutter hat, als ich klein war, irre viel Arbeit in den Heiligen Abend gesteckt. Schon Wochen vorher hat sie mit der Planung begonnen und bis zum Vierundzwanzigsten durchgeackert. Nur, damit wir alle ein schönes Fest haben konnten.«

»Und deshalb willst du dieses Jahr den perfekten Heiligen Abend für deine Familie ausrichten?«, fragte Heike. »Als Dankeschön für deine Mutter?«

Anna hielt inne und sah Heike an. Sie zögerte. »Gewissermaßen, ja.« Dann wich sie Heikes Blick wieder aus. »Ich möchte einfach, dass meine Mutter – und meine ganze Familie – sich dieses Jahr richtig freuen können und es ihnen als ein ganz besonderes Fest in Erinnerung bleibt.« Anna spähte zu Heike.

Der Glanz in Heikes Augen erwärmte Annas Inneres. Als ihr Herz immer schneller zu schlagen begann, musste sie fortschauen.

»Ich habe sie alle hierher eingeladen.« Anna fuhr sich mit einer Hand durch das Haar. »Ich hoffe nur, dass ich es schaffe, alles so hinzubekommen, wie ich mir das vorstelle.«

Heike zog an den Kabeln der Lichterkette, bis sich auch der letzte Knoten mit einem Mal löste. Sie hob die Kette vor sich in die Höhe und betrachtete sie mit einem breiten Grinsen. »Das finde ich eine sehr schöne Idee. Wenn du Lust hast, würde ich dir gern bei den weiteren Vorbereitungen auch noch helfen.«

Anna hatte sich wieder der Kiste auf ihrem Schoß zugewandt. Aber jetzt hielt sie inne. Langsam schaute sie zu Heike.

Heike hielt die Lichterkette noch immer vor sich in die Höhe. Dann wendete sie ihr Gesicht Anna zu, bis sich ihre Augen trafen.

»Wenn du das wirklich möchtest ...« Anna ließ den Satz ausklingen.

»Sonst hätte ich es nicht angeboten.« Heike schmunzelte. Ohne den Blickkontakt mit Anna zu unterbrechen, senkte sie die entwirrte Lichterkette auf ihren Schoß.

»Es würde mich sehr freuen.« Anna kämpfte dagegen an, bis sie es nicht mehr schaffte, das Lächeln zu unterdrücken.

»Schön.« Heike lächelte ebenfalls. »Hast du Lust, die Kette aufzuhängen?« Sie wartete erst gar nicht auf eine Antwort, sondern stand bereits auf und humpelte mit der Lichterkette auf dem Arm in Richtung Balkontür.

Anna sah Heike einen Moment regungslos hinterher. Mit ihrem Elan hatte Heike sofort die Führung übernommen. Anna grinste in sich hinein und folgte Heike.

»Milch, Zucker, Zimt.« Heike griff immer wieder in die Stofftaschen und zauberte eine Backutensilie nach der Anderen hervor. Sie türmte sie auf dem kleinen Beistelltisch in Annas Küche auf. »Alles, was du wolltest.« Als sie auch die letzte Zutat präsentiert hatte, faltete sie die Einkaufstaschen und legte sie zur Seite.

»Und ich habe die Förmchen besorgt. Außerdem Omas Backbuch.« Anna legte eine Hand auf das kleine Notizbüchlein. »Ich weiß noch, wie ich als Kind mit vom Teig verklebten Fingern in dem Buch herumgeblättert habe. Besonders faszinierend fand ich schon damals die Bilder, die meine Oma zu jedem Rezept gemalt hat.« Anna schlug eine Seite auf und zeigte sie Heike. »Ist das nicht toll? Ich wünschte, ich hätte so viel Talent.«

Heike schaute sich die Buchseite an und nickte anerkennend. »Das ist echt klasse. Ich könnte das nicht. Meine Zeichnungen sehen so aus, als ob ein Kindergartenkind am Werk war.«

Anna lachte. »Das ist bei mir nicht anders.«

»Hm, ich denke wir haben alles.« Heike rieb sich die Stirn und kräuselte die Nase. »Aber ich sag's gleich, ich habe eigentlich keinen Plan vom Plätzchenbacken.«

»Ich dafür umso mehr.« Anna zwinkerte Heike an.

Heike warf ihr ein schüchternes Lächeln zu. »Ich habe mich sehr darüber gefreut, dass du mich zum Backen eingeladen hast.«

Anna bemerkte, dass Heikes Stimme bebte. Ihr eigenes Herz begann bei den Worten schneller zu schlagen. »Ja? Ich wusste nicht so genau, ob ich dich anrufen sollte.«

»Klar doch!« Heike riss die Augen auf. »Ich habe doch gesagt, dass ich dir helfen möchte.«

»Schon.« Anna griff nach dem Backpulver. Sie drehte es um und studierte die Rückseite der Packung. »Aber du hast ja bestimmt auch andere – wichtigere – Sachen zu tun, als hier mit mir in der Küche zu stehen und Plätzchen zu backen.«

»Quatsch.« Heike legte eine Hand auf Annas Schulter und drückte sie. »Das habe ich schon seit Jahren nicht mehr gemacht. Es wird bestimmt lustig.«

Anna zuckte zusammen. Ein Schauer lief ihr von dort, wo Heikes warme Hand lag, über den Rücken.

Im selben Moment zog Heike die Hand wieder zurück.

Anna legte das Backpulver auf den Tisch und griff nach dem Backbuch. »Na dann, lass uns mal anfangen.«

Sie schlug das Rezeptbuch auf und blätterte es durch. Nachdem sie gefunden hatte, was sie gesucht hatte, hob sie es ein Stück an, als ob es das Spruchbuch eines Magiers wäre. »Butterkekse. Man nehme …«

»Das sind die Dinger, die man in der Grundschule immer gebacken hat, oder? Die mit den bunten Verzierungen. Den Kügelchen und Streuseln.«

»Genau die Dinger.«

Heike folgte Annas Anweisungen und suchte alle Zutaten und Schüsseln zusammen.

Anna begann als nächstes damit, die Zutaten zu mischen. »Ich will dich ja nicht gleich überfordern.« Sie zwinkerte Heike an, die direkt neben ihr stand und gebannt in die Schüssel mit dem Teig schaute. So nah bei ihr, dass Annas

Arm Heikes beim Mischen immer wieder streifte. Und so nah, dass Heikes Körperwärme fast schon auf Anna übersprang.

»Als ob ich auf den Kopf gefallen bin.« Heike versetzte Annas Arm einen leichten Klaps. Sie griff nach der Packung Mehl, um die Arbeitsfläche damit zu bestreuen. »Meine Mama hat mir auch ein bisschen was beigebracht. Ich weiß zum Beispiel, wie wichtig das Probieren des Teigs vor dem Backen ist.«

Anna kicherte. »Ich hätte nicht gedacht, dass du so eine Süße bist!« Kaum, dass die Worte herausgerutscht waren, schloss Anna die Lippen so fest sie konnte und starrte auf den Teig in der Schüssel.

Heike erstarrte ebenfalls für eine Millisekunde. Doch sie fing sich schneller als Anna und drehte sich seitwärts zu ihr. Dann verschränkte sie die Arme vor der Brust. »Ich bin verdammt süß! Ich dachte, das wäre dir schon aufgefallen.«

Annas Herz setzte einen Schlag aus. »Also … ich« Ihr Mund wurde trocken. Sie schielte zu Heike.

Heike hob eine Augenbraue an und schaute mit starrer Miene auf sie herunter. »Ja? Du was?«

Mit jeder Sekunde wurde es heißer in der Küche. Anna klopfte die Hände über der Schüssel zusammen. Sie ging zur Spüle hinüber. Dort schaltete sie das Wasser auf der kältesten Stufe ein und hielt ihre Hände darunter. Ein Stechen durchzuckte ihre Finger.

Anna wagte es nicht, zu Heike zurückzuschauen. Auch wenn sie aus den Augenwinkeln sehen konnte, dass Heike sie genau beobachtete.

»So … als Sportlerin meine ich … da …« Annas Stimme versagte. Sie musste innehalten.

»Jaaa?«

»Da darf man nicht so viele Süßigkeiten essen. Und da dachte ich, dass du dich daran hältst. Weil, auch wenn du wegen deinem Fuß zurzeit nicht trainieren kannst, musst du ja trotzdem auf so etwas achten, oder?« Anna schloss den Mund und griff nach einem Handtuch.

Heike ging auf Anna zu. Doch statt neben ihr anzuhalten, ging sie hinter ihr vorbei.

Anna zog den Atem ein, als Heikes Arm ihre Hüfte streifte. Ein Schauer lief über ihren Körper.

»Ich habe nur gespielt«, raunte Heike Annas Rücken zu. Dann griff sie nach einer Wasserflasche, die links von Anna an der Fensterbank stand. Sie ging damit zurück an ihren vorherigen Platz. Dort füllte sie ein Glas mit Wasser und nahm einen langen Schluck.

Anna konnte Heikes Augen auf sich spüren. Obwohl sie es versuchte, konnte sie nicht verhindern, dass ihr Atem mit einem leisen Pfeifen entwich. Sie spähte über die Schulter.

»Anna?« Heike hatte das Glas ein Stück von ihren Lippen herunter gesenkt. Sie hielt es aber wie ein Schutzschild, über dem sie hervorspähte, vor das Gesicht.

Anna warf das Handtuch auf den Beistelltisch und ging zurück zur Schüssel. Dort riss sie ein Stück vom Teig ab und legte ihn auf die mehlbestäubte Arbeitsfläche. »Hm?«, fragte sie, ohne aufzuschauen. In langen Zügen begann sie, den Teig mit der Rolle auszubreiten.

»Habe ich etwas falsch gemacht?« Heikes Stimme war plötzlich ganz weich.

Anna schaute auf und traf warme braune Augen, die sie neugierig studierten. »Nein«, erwiderte sie leise. »Du hast nichts falsch gemacht. *Ich* wollte nur nichts Falsches sagen.«

»Okay.« Heike stellte ihr Glas ab und griff nach einem Ausstechförmchen. »Aber falls doch, dann tut es mir leid.«

»Hm.« Anna nickte und suchte sich ein Sternförmchen aus. Sie versuchte, sich auf den Teig zu konzentrieren. Heike hatte ihr Förmchen schon in eine Ecke der Teigfläche gedrückt, aber jetzt seufzte sie und griff nach Annas Hand. Vor Schreck ließ Anna die Form fallen.

»Hör mal, es tut mir leid, wenn ich …«, Heike wiegte den Kopf hin und her. Sanft legte sie die andere Hand auch noch über Annas. »Meine Ex-Freundin hat manchmal gesagt, dass ich ganz schön forsch rangehe.«

Anna zog den Atem ein. Aus den Augenwinkeln schielte sie auf Heikes Hände, die ihre umfasst hielten.

»Aber ich … weißt du, ich mag dich wirklich.« Heike holte tief Luft. Sie neigte den Kopf etwas nach vorn, um Annas Blick einzufangen.

Anna schaute nur ganz kurz in Heikes Gesicht. Aber das genügte schon, um ihren Herzschlag aussetzen zu lassen. Schnell schaute sie wieder fort. »Ich mag dich auch«, flüsterte sie.

»Das ist … schön.« Heike nickte, als ob sie ihren Worten damit mehr Nachdruck geben wollte.

»Aber ich wollte nur sagen, dass ich dich nicht irgendwie bedrängen möchte, okay?« Heike legte einen Finger unter

Annas Kinn. Vorsichtig hob sie Annas Kopf damit an, bis die ihr nicht mehr ausweichen konnte.

Anna schluckte. Heikes Augen schienen immer tiefer in sie einzudringen. Sie konnte einfach nicht wegschauen. Egal, wie sehr sie sich bemühte.

»Ich habe wirklich nur spielen wollen. Ich wollte dich nicht anmachen oder so. Und ich wollte bestimmt nicht, dass so etwas zwischen uns steht, okay? Ich mag es einfach, Zeit mit dir zu verbringen. Und … bitte denk nicht, dass ich ...« Heike brach ab. Ganz offensichtlich wusste sie nicht, wie sie ihre Gedanken in Worte fassen sollte.

Annas Herz zog sich schmerzhaft zusammen. Als ob sie aus einem Höhenflug ganz abrupt auf den Boden der Tatsachen gefallen war.

»Es ist okay. Ich versteh schon.« Anna hob die freie Hand und legte sie auf Heikes, die ihre noch immer festhielt. »Mach dir keine Sorgen. Ich wollte nur vermeiden, dass … du weißt schon.« Anna rollte mit den Augen.

Heike schüttelte den Kopf. Ein dickes Fragezeichen stand auf ihrem Gesicht.

»Also, ich, ähm … Ich bin auch lesbisch.« Anna zog die Hand aus Heikes sanftem Griff und nahm stattdessen ihr Förmchen wieder auf. So fest es ging, drückte sie es in den Teig. »Ich war mir nicht sicher, ob du das bemerkt hast. Und ich … ich wollte nicht, dass du ... denkst, ich würde …« Aus den Augenwinkeln schaute sie zu Heike, die sie immer noch fragend betrachtete. Anna holte einmal tief Luft. »Ich wollte auch nicht, dass du denkst, ich würde dich anbaggern.«

»Ja, das ist dann wohl ...« Heikes Lachen klang gekünstelt.

Anna sah nur kurz zu ihr hoch. Trotzdem erkannte sie die Anspannung in Heikes Kiefermuskeln. Schnell wendete sie sich ab und ging hinüber zu dem Blech mit dem Backpapier. Dort schüttelte sie den Teig aus dem Förmchen, vorsichtig, um die Figur nicht kaputtzumachen. »Gut, dass wir darüber gesprochen haben und uns einig sind.«

»Ja, sehr gut«, sagte Heike ebenfalls mit Nachdruck.

Anna kaute nervös auf der Unterlippe herum.

»Wollen wir dann weitermachen?« Sie vermied es, Heike anzusehen.

»Hm, klar«, erwiderte Heike. »Dafür sind wir ja schließlich hier.«

»Au!«

Heike hörte zuerst das Scheppern aus der Küche. Dann Annas Aufschrei. Schnell schaltete sie den Wasserhahn im Bad aus und rannte, ohne die Hände zu trocknen, in Richtung Küche.

Anna stand mitten im Raum. Sie hielt zwei Finger mit einer Hand fest. Schmerz verzerrte ihr Gesicht. Ihre Augen aber fixierten das Backblech mit den Zimtsternen. Die waren überall auf dem Boden verteilt.

»Och, Scheiße!« Anna schien kurz davor zu sein, mit dem Fuß aufzustampfen.

»Was ist passiert?« Heike eilte zu Anna hinüber. Sie fasste nach deren Hand. Die zwei Finger, die Anna umklammert gehalten hatte, zeigten schon erste rote Flecken. »Das musst du kühlen!«

Heike ignorierte das Kribbeln, das sie bei der Berührung von Annas Hand verspürt hatte. Sie zog Anna mit sich zum Spülbecken herüber. Dort schaltete sie das Wasser ein und hielt die verletzten Finger in den Strahl. »Ganz lange darunter halten. Bis du fast nichts mehr spürst.«

»Aber die Plätzchen! Die schönen Zimtsterne!« Anna schaute über die Schulter zu dem Haufen Elend auf dem Küchenboden.

»Mach dir doch darüber keine Sorgen. Wir haben schon jede Menge anderer Plätzchen. Und noch zwei Fuhren Zimtsterne in petto.«

Anna schob die Unterlippe nach vorn.

Heike musste sich das Lachen verkneifen. Anna würde ziemliche Schmerzen haben, wenn sie sich über die Verbrennung erst einmal bewusst würde.

Anna drückte die Mundwinkel hinunter und gab ein Murren von sich.

»Schau nicht so«, sagte Heike. Sie konnte sie sich das Kichern nicht mehr verbeißen. »Sind doch bloß Plätzchen!«

Anna zog die Unterlippe ein. »Unsere besten bis jetzt! Hast du vorhin doch selbst gesagt!«

Heike lachte erneut auf. Wie ein trotziges Kind stand Anna jetzt vor ihr. Und wenn da nicht ihr Gespräch ganz am Anfang der Backsession gewesen wäre, dann ...

Heike griff nach dem Wasserhahn und schaltete ihn aus.

»Anna ... komm schon ...« Sie zog an Annas Hand und betrachtete die verletzten Finger.

»Was denn?!?«, fragte Anna gereizt.

Heike schloss die Hand sanft um Annas Finger. »Sei doch froh, dass dir nichts weiter passiert ist. Den Verlust der paar Plätzchen können wir verkraften. Den Verlust deiner Finger allerdings nicht.«

Anna öffnete den Mund, ohne etwas zu sagen.

Heike hob Annas Finger an und blies dagegen. Ihre Augen blieben auf Annas liegen. »Ich jedenfalls ...« Heike fuhr sich mit der Zungenspitze über plötzlich kribbelnde Lippen. »... bin sehr froh, dass dir nichts weiter passiert ist. Ich glaube, wir haben sogar schnell genug gekühlt.«

Annas Mund begann, sich zu bewegen. Aber noch immer kam nicht einmal der kleinste Ton hervor. Ihr Blick verharrte wie festgeklebt auf Heikes Mund.

»Hallo? Bist du noch bei mir?« Ohne Annas Hand loszulassen, fuchtelte Heike mit der anderen Hand vor Annas Gesicht hin und her.

Es dauerte einen Moment, bis Anna zu sich kam. »Ich wollte aber genau diese Plätzchen. Und jetzt sind sie alle kaputt. Nur, weil ich so schusselig bin. Ständig passiert mir so Zeug. Gestern erst ist mir ein Karton mit neuen Weingläsern runtergefallen. Alle futsch. Und die Weihnachtspostkarten im Rucksack haben auch alle so gelegen, dass sie total verknickt sind. Jetzt kann ich sie nicht mehr wegschicken.«

Kaum, dass sie zu Ende gesprochen hatte, zog Anna die Hand mit einem Ruck aus Heikes Griff. Sie verschränkte die Arme vor der Brust. »Es klappt alles nicht so, wie es soll. Vielleicht lass ich das mit dem Fest einfach. War doch sowieso eine total blöde Idee.«

»Was redest du denn da?« Heike legte die Stirn in Falten. »Nur wegen der paar heruntergefallenen Plätzchen soll jetzt plötzlich alles doof sein?«

Anna zuckte mit den Schultern. Ihre Mundwinkel verzogen sich erneut nach unten.

»Ja, ist es. Genau so, wie Caro immer gesagt hat. Aber ich wollte ihr ja nicht glauben. Das habe ich jetzt davon.«

Heike stutzte. »Caro?«

Anna griff nach dem Küchenhandtuch auf dem Beistelltisch und knüllte es zusammen. »Meine Ex.« Sie warf das Handtuch in Richtung der Spüle, wo es die Wand traf und dann in das Becken fiel. »Ach, ist doch auch egal.«

»Was hat denn deine Ex mit den Plätzchen zu tun?« Heike kam nicht mehr hinterher.

»Alles.« Anna wedelte mit einer Hand durch die Luft. »Was soll's. Ich will nicht darüber reden. Die Plätzchen sind futsch und ich sollte das alles sowieso abblasen.«

»Das ist doch Quatsch. Wir schaffen das schon. Die anderen Plätzchen sind so super geworden, die machen das alles wett.« Heike deutete auf die vielen Dosen, die schon mit jeglichen Formen und Arten von Plätzchen gefüllt waren.

»Das sagst du doch nur so.« Anna verschränkte die Arme vor der Brust.

Heike trat an Anna heran und zog sie zu sich.

Mit einem Mal schien sich alles um sie herum in Luft aufzulösen. Als ob sie aus der Küche an irgendeinen weit entfernten Ort im Nirgendwo gebeamt worden wären.

Heike schloss die Augen. Ein warmer Strom floss durch ihren Körper. Wie gut sich Annas Körper an ihrem anfühlte.

Sie passte geradezu perfekt in ihre Arme. Und das trotz des Größenunterschieds.

Anna schien von der plötzlichen Umarmung überrumpelt zu sein. Sie zuckte zusammen, als sich Heikes Arme um sie legten. In der nächsten Sekunde spannte sich ihr Körper an. Wie ein steifes Brett lehnte sie sich an Heike heran.

Erst als Heike ihr Kinn auf Annas Kopf legte, begann Anna sich zu entspannen.

Heike lächelte. Seit langer, sehr langer Zeit, hatte sie sich nicht mehr so komplett gefühlt.

»Jetzt komm schon. Vergiss doch die blöden Plätzchen.« Heike drehte das Gesicht, bis sie statt des Kinns ihre Wange auf Annas Kopf legen konnte. »Wir machen die nächste Fuhre, als ob nichts passiert wäre. Die Plätzchen auf dem Boden werfen wir weg. Keiner wird davon erfahren. Auch Caro nicht.«

Anna schnaufte aus. Ihre Stirn lehnte sie gegen Heikes Oberkörper, ganz knapp über dem Ansatz ihrer Brüste. Dann knurrte sie plötzlich. Mit dem nächsten Atemzug öffnete sie die Arme, um sie um Heikes Mitte zu schlingen.

Heikes Herz schlug immer schneller. Die Weichheit von Annas Brüsten machte sie fast verrückt. Sie zog Anna noch enger an sich und schloss die Augen.

Anna hob den Kopf an und legte ihn gegen Heikes Schulter. Ihre Arme schlossen sich fester um Heikes Mitte. »Du bist ein Schatz«, flüsterte sie.

Heikes Herz, so laut wie eine Buschtrommel, setzte nur einen kurzen Schlag aus. Dann nahm es mit einem Mal an Geschwindigkeit auf und schlug so heftig, dass Heikes ganzer Körper erbebte.

Heike riss die Augen auf. Ihre Muskeln spannten sich an.

»Was ist?« Anna legte den Kopf ins Genick.

Heike wich den fragenden Augen aus. Sie löste ihre Umarmung, trat einen Schritt von Anna zurück und hielt sie auf Armlänge von sich weg.

Genau in diesem Moment flog ein Schatten über Annas Gesicht. Ehe Heike aber darauf reagieren konnte, war er schon wieder verschwunden. Große Augen sahen Heike verwirrt an.

Heike drückte Annas Schultern, ehe sie sie ganz losließ. »Nichts ... wir ... also, wir machen vielleicht am besten weiter. Du kannst ja den neuen Teig ausrollen und ich kümmere mich um die da.« Heike deutete zu den Plätzchen auf dem Boden. »Hast du irgendwo einen Handbesen oder so?« Sie schaute sich in der Küche um und achtete darauf, Blickkontakt zu vermeiden.

Anna ließ die Arme fallen und zog die Ärmel ihres Shirts, die sie wegen der Wärme in der Küche nach dem stundenlangen Backen hochgekrempelt hatte, hastig herunter. Ihre Hände verschwanden in dem Stoff. Dann verschränkte sie die Arme. »Im Schrank, unter der Spüle.« Sie bewegte sich keinen Zentimeter.

Heike holte den Handbesen und machte sich an die Arbeit. Aus den Augenwinkeln konnte sie deutlich sehen, dass Anna sie beobachtete. Die Haare in Heikes Genick stellten sich auf. Sie schloss den Mülleimer und verstaute den

Handbesen wieder unter dem Spülbecken. »Hast du keine Lust mehr zu backen?«, fragte sie.

Anna stand jetzt einige Meter von ihr entfernt. Sie hatte sich immer noch nicht bewegt. Außer die eine Hand, die sie angehoben hatte, um an einem Fingernagel zu kauen. Sie starrte vor sich auf die Arbeitsfläche. Als sie Heikes Frage hörte, zuckte sie mit den Schultern.

»Wieso denn nicht?« Heike schaute auf ihre Armbanduhr. »Es ist doch gerade erst halb sieben.«

»Schon so spät?« Anna fuhr sichtlich auf.

»Hast du noch etwas vor?« Heike spürte einen Stich in ihrem Magen.

»Ich … ja …« Anna ließ die Hand von ihrem Mund wegfallen. Sie richtete sich auf. »Ich muss noch wo hin. Was erledigen.«

»Oh …« Heikes Herz sackte zu Boden.

»Ja, okay.« Etwas unschlüssig trat Heike einen Schritt nach vorn. »Wir haben ja auch schon eine Menge erledigt.« Sie schaute zu den vielen Dosen mit Plätzchen, die überall in der Küche verteilt waren. Der Duft von Zimt, Vanille und Anis vermischte sich in Heikes Nase.

»Hm …« Anna lehnte sich gegen die Arbeitsfläche. Ihr Finger kehrte zu ihren Zähnen zurück.

»Soll ich … Ich könnte morgen Nachmittag nochmal vorbei kommen. Wir könnten den Rest des Teigs für die Zimtsterne verarbeiten. Und die Rumkugeln wollten wir ja auch noch machen.« Heike versuchte, in Annas Gesicht zu schauen. Aber Anna hatte den Kopf so weit gesenkt, dass es ihr nicht gelang.

»Nein. Das ist in Ordnung.« Anna schüttelte den Kopf. Sie zupfte mit den Fingerspitzen an ihrer Unterlippe herum, kaute dann an einer Ecke des Nagels ihres Zeigefingers.

»Okay.« Heikes Herz wog plötzlich Tonnen. Sie nickte und ging auf die Küchentür zu. Auf dem Weg griff sie in eine der Plätzchendosen. Als sie an Anna vorbei lief, schnappte sie sich die Hand, die so sehr von Annas Zähnen in Beschlag genommen wurde und zog sie herunter. »Die schmecken besser.« Heike zwang sich zu einem Grinsen, während sie das Plätzchen zwischen Annas Lippen schob.

Anna gab ein erschrockenes »Umpf« von sich.

»Ruf mich an, wenn du doch noch Hilfe brauchst, okay?«, sagte Heike sanft. Sie sah zu Annas Wange, aber ehe sie ihren ganzen Mut für einen Schmatzer zusammennehmen konnte, stieß Anna sich von der Arbeitsfläche ab. Sie griff nach dem Plätzchen zwischen ihren Lippen und biss ein Stück ab. »Hm … hm …«

»Okay. Dann gehe ich jetzt. Bis bald.« Heike zögerte noch einen Moment. Ihre Augen trafen Annas.

Ein leichtes Blinzeln war Annas einzige Reaktion.

Heike senkte den Kopf und verließ Annas Wohnung.

Kapitel 3

Heike nahm das klingelnde Telefon und legte sich damit auf die Couch. »Ja? Hallo?«

»Hallo Süße!«

Heike musste trotz ihrer miesen Stimmung lächeln, als sie Inkas Stimme hörte. »Na.«

Am anderen Ende blieb es still.

»Hallo?« Heike setzte sich auf. »Inka?«

»Ich bin da«, kam die Antwort.

»Wie geht's dir?« Heike legte sich zurück und starrte an die Decke über sich.

»Mir? Gut.« Inkas Stimme senkte sich. »Und dir? Ist etwas passiert? Ist dein Fuß schlimmer geworden?«

»Hm?« Heike rollte sich auf die Seite und zog die Beine an. Sie versuchte, sich möglichst gleichgültig anzuhören, als sie antwortete: »Nein, bei mir ist alles gut. Wie läuft das Training?«

Inka schnaufte deutlich hörbar aus. »Wieso glaubst du eigentlich immer, dass du mich an der Nase herumführen kannst?«

»Was meinst du?«

»War irgendetwas mit dieser Anna?«

Heike schloss die Augen, rollte sich zurück auf den Rücken und legte den freien Arm über die Stirn. »Es tut mir leid.« Sie konnte sich nur zu gut vorstellen, wie Inka gerade genervt mit den Augen rollte.

»Raus mit der Sprache. Bei meinem letzten Anruf warst du noch Feuer und Flamme und hast dich gar nicht mehr einbekommen. Nur, weil du ihr den Stern doch noch vorbeigebracht hast. Und jetzt klingst du gerade so, als ob sie dir einen Korb gegeben hat.«

»Hat sie nicht.« Heike rieb mit zwei Fingern über ihr Nasenbein. »Ich war beim Backen bei ihr. Aber irgendwie ist das mächtig in die Hose gegangen.«

»Hast du den Teig versaut? Ich kenne ja deine Kochkünste.« Inka kicherte.

»Nein, das war es nicht«, erwiderte Heike langsam. »Es war alles gut. Dann hat sie sich am Backblech die Hände verbrannt. Und ich ... naja ... ich habe sie in die Arme genommen.«

»Oh.«

Heike konnte hören, dass Inka einen Schrank öffnete. Teller klirrten gegen Teller.

»Sprich weiter. Ich mache mir nur gerade einen Snack für zwischendurch. Diese Miniapartments, die sie uns dieses Jahr zur Verfügung stellen, sind echt super.«

Heike setzte sich auf. »Als ich sie so im Arm gehalten habe ...« Sie presste die Lippen fest zusammen, als ihr Herz bei den Gedanken an den Moment in Annas Küche, schneller zu schlagen anfing. »Das war ein komisches Gefühl. Es war richtig schön.«

»Du hast dich also doch in sie verliebt?«, fragte Inka.

»Oh Gott! Nein!« Heike schüttelte den Kopf. »Ich weiß auch nicht. Sie ist ja wirklich total süß und wir verstehen uns super. Und ich muss auch ständig an sie denken.«

»Aber?«

»Aber das mit der Umarmung ... Ich glaube, das war keine so gute Idee.«

»Wieso denn nicht?« Inka schien überrascht zu sein. »Was kann schon an einer Umarmung verkehrt sein?«

»Anscheinend alles. Sie war danach total kurz angebunden und hat mich praktisch rausgeschmissen.«

»Echt?«

»Sie meinte plötzlich, dass sie noch etwas vorhat oder so. Obwohl sie die ganze Zeit nichts davon erzählt hat. Erst, nachdem ich sie umarmt habe, wurde sie so komisch.« Heike kaute auf ihrer Unterlippe herum. »Ich kann mir nur vorstellen, dass ihr so viel Nähe irgendwie unangenehm war. Dabei habe ich sie doch auch gleich wieder losgelassen.«

Inka schien sich hinzusetzen. Das Geräusch eines Tellers, der abgestellt wurde, war durch das Telefon zu hören. »Vielleicht interpretierst du es ja auch falsch. Wer sagt denn, dass sie nicht tatsächlich noch etwas vorhatte?«

»Mein Gefühl.«

»Dein Gefühl?« Inka lachte. »Also, wenn man das so hört, könnte man echt meinen, dass es dich voll erwischt hat.«

»Nein!« Heike ließ die freie Hand neben sich auf das Sofa fallen. »Ich finde es einfach nicht schön, so aus der

Wohnung geworfen zu werden. Das macht man doch auch mit Freunden nicht.«

»Und davor ist nichts vorgefallen?«, fragte Inka im Kauen.

»Nein, nichts.« Heike überlegte. »Vielleicht hat es etwas mit ihrer Ex zu tun.«

»Oh Gott!« Inka stöhnte auf. »Das Höllenwort!«

Heike musste lachen. Doch dann wurde sie wieder ernst. »Sie meinte, dass ihre Ex schon recht gehabt hätte, dass die Idee eines besonderen Weihnachtsfests dumm sei. Ich glaube, das zieht sie ziemlich runter.«

»Aber jetzt hat sie ja dich.«

Heike konnte das Schmunzeln in Inkas Stimme hören. »Das hat nichts mit mir zu tun. Ich versuche ihr ja nur zu helfen, soweit ich es kann. Und soweit sie es zulässt.« Heike rollte mit den Augen.

»Ganz ohne Hintergedanken, natürlich.«

»Natürlich ohne Hintergedanken! Ein anderer Mensch kann einem doch auch gefallen, ohne dass man gleich mehr von ihm will.« Heike betrachtete ihre Fingernägel. »Ich habe einfach das Gefühl, dass sie sich mit ihrem Weihnachtsfest etwas übernommen hat und weil ich sie mag, will ich ihr helfen.«

»Hm ... Und was hast du jetzt vor?«

»Keine Ahnung.« Heike kratzte an einer Ecke am Nagel ihres Mittelfingers. »Vielleicht will sie mich ja gar nicht mehr sehen.«

Inka schluckte einen Bissen herunter. »Das wäre aber schon eine ziemlich übertriebene Reaktion auf eine Umarmung, oder?«

»Ja, schon.« Heike seufzte. »Genau deshalb habe ich gesagt, dass ich solo glücklicher bin. Da hat man wenigstens nicht all dieses Drama.«

»Aber du bist doch solo und sie nur eine gute Freundin.« Inkas Grinsen schwang in ihrer Stimme mit.

Heike ignorierte den Kommentar. »Vielleicht schlage ich ihr vor, dass wir mal zusammen weggehen. Auf den Weihnachtsmarkt oder so. Es kann bestimmt nicht schaden, wenn sie bei dem ganzen Stress aus ihrer Bude rauskommt und etwas ganz anderes macht.«

»Blöd, dass ich nicht mitkommen kann.«

Heike lächelte. »Ich vermisse dich auch.«

»Was macht dein Fuß eigentlich?«

»Dem geht es ganz gut. Miró meinte, im Januar kann ich mit leichtem Lauftraining anfangen.«

»Klasse!«, erwiderte Inka. »Weißt du, vielleicht solltest du dich eher darauf als auf diese Anna konzentrieren.«

Heike presste die Lippen zusammen. Bei der Vorstellung, eine Freundschaft mit Anna zu beenden, noch ehe sie überhaupt richtig begonnen hatte, verkrampfte sich ihr Magen. »Dafür ist es schon zu spät.«

»Weil du sie doch mehr magst als nur als Freundin?«, fragte Inka vorsichtig.

Heike schloss die Augen. Inka schaffte es immer wieder, auch noch die tiefsten Gefühle aus ihr herauszulocken. »Weil sie mir dafür auf jeden Fall schon zu viel bedeutet. Und nein, nicht mehr als bei einer Freundschaft.« Heike fuhr sich durch das Haar. »Eine Freundschaft an sich hat sie ja auch nicht ausgeschlossen. Aber wenn das schon so anfängt …«

»Oh, Süße.« Inkas Stimme wurde warm. »Und all das Drama so knapp vor Weihnachten.«

Heike sah aus dem Fenster. Auch wenn es nicht schneite, war der Himmel durchgehend mit dunkelgrauen Wolken bedeckt. Die Sonne hatte sich schon seit Tagen nicht mehr gezeigt. »Das perfekte Weihnachtsfest. Ich sitze sowieso nur allein hier rum. Die Familie auf der anderen Seite der Erdkugel, du im Trainingscamp. Da macht das mit Anna auch nichts mehr aus.«

Inka setzte an, etwas zu sagen, aber in diesem Moment hörte Heike eine weitere Stimme im Hintergrund. Inka sprach mit der Person.

»Bist du noch da?«, fragte Heike. »Inka?«

Es dauerte einen kurzen Moment, ehe Inka auf Heikes Frage reagierte. »Ja, entschuldige. Ich muss leider los. Wir gehen heute Abend ins Kino und die anderen warten schon auf mich. Als Belohnung für das harte Training.« Inka lachte.

»Oh ... okay.« Ein Stechen durchzuckte Heike. »Dann wünsche ich dir viel Spaß.«

»Halt die Ohren steif, okay?«

»Ja, mach ich. Bis dann.«

Heike legte das Telefon auf den Wohnzimmertisch. Die Ohren steifhalten – das war leichter gesagt als getan.

Anna stand in ihrem Wohnzimmer. In der Hand hielt sie das Telefon, ohne eine Nummer zu wählen.

Sie blickte zu dem Weihnachtsstern, der an der Balkontüre hing und in wechselnden Farben vor sich hin blinkte. Plötzlich tauchte ein Bild vor ihrem inneren Auge auf: Heike, die mit hoch erhobenen Armen, den Stern in der Hand, versuchte, die richtige Stelle an der Tür zu finden, um ihn aufzuhängen. Sie selbst, die dahinter stand und Kommandos gab – nein, weiter rechts, zu weit … mehr links … das war auch wieder zu weit …

Anna lächelte. Heike war vollkommen gelassen geblieben. Obwohl der Stern nicht der erste Schmuck gewesen war, den sie aufgehängt hatten. Und immer war es Heike gewesen, die sich hatte irgendwo hinstrecken müssen (einfach, weil sie so viel größer war).

Anna schloss die Augen. Sie erinnerte sich daran, wie bei der Prozedur mit dem Stern Heikes Pullover und das T-Shirt darunter hochgerutscht waren. Sie selbst hatte nirgends anders hinschauen können als zu Heikes Haut, die hervorgeschaut hatte. Zu der schmalen Hüfte und dem durchtrainierten Hintern.

Anna stöhnte auf. Sie ließ sich auf die Couch fallen.

Seitdem hatte sie schon drei Mal von Heike geträumt. Jedes einzelne Mal war ihr Traum in diese eine verdammte Richtung gegangen. Jedes Mal waren sie letztendlich zusammen, eng umschlungen im Bett eingeschlafen.

Eine lange Zeit saß Anna da und beobachtete das Wechselspiel der Farben des Sterns am Fenster. Dann setzte sie sich auf und legte das Telefon auf den Wohnzimmertisch. Kaum, dass sie ihre Hand zurückgezogen hatte, klingelte es an der Tür. Das Geräusch in der sonst totenstillen Wohnung schreckte Anna aus ihren Gedanken hoch.

Es klingelte erneut.

Anna stand auf und ging zur Sprechanlage. Auf dem Weg knipste sie das Licht im Wohnzimmer an. »Ja? Was ist denn?!?«, schnauzte sie in den Hörer.

Doch statt eine Antwort über die Sprechanlage zu hören, klopfte es an der Wohnungstür.

Anna rollte mit den Augen und öffnete die Tür. »Ich spende nichts und kaufen will …« Sie brach ab, als ihr Blick auf Heike fiel, die mit einem Grinsen vor der Tür stand. »Oh … hallo …«, brachte Anna gerade noch so hervor, ehe ihre Stimme versagte.

»Ich störe?«, fragte Heike und lugte an Anna vorbei in die Wohnung.

»Nein!« Annas Blick wanderte über Heike. Sie trug eine dicke, blau-weiße Skijacke. Ein paar Schneeflocken schmolzen auf ihrer Schulter. »Schneit es?«

Heike stutzte sichtlich. »Ähm … ja. Schon seit einer Weile. Aber nur ganz leicht. Hat auch gerade wieder aufgehört.« Heike schob die Hände in die Taschen ihrer Jacke.

»Oh …« Anna kam keine andere Antwort in den Sinn. Sie erlaubte es ihren Augen, über Heikes Gesicht zu tanzen. Heike hatte ganz rote Wangen. Ihre Augen aber leuchteten Anna an. »Bist du hergelaufen?«

»Ich? Nein … mit meinem Fuß … das geht noch nicht … aber …« Heike betrachtete ihre eigenen Füße. »Ich bin nur … also ich … ich war hier in der Nähe und da wollte ich ... einfach mal fragen, wie es dir so geht und ...« Heike verstummte.

»Hm ...« Annas Körper wollte sie nach vorn schieben, um die Arme um Heike zu werfen und sich gegen sie zu drücken. Mit letzter Kraft brachte Anna sich dazu, an Ort und Stelle stehen zu bleiben.

»Und ich ...« Heike schien mit jeder Sekunde nervöser zu werden. Sie hob den gesunden Fuß und strich mit der Fußspitze an der Leiste von Annas Wohnungstür entlang.

»Willst du nicht reinkommen?«, platze Anna heraus.

Heike schaute auf. Sie lächelte. »Darf ich?«

»Ja klar!« Anna trat zur Seite. »Komm rein.«

Kaum, dass Heike im Flur stand und Anna die Wohnungstür geschlossen hatte, drehte Heike sich zu ihr um. »Wegen letztem Mal – ich wollte mich nur entschuldigen.«

Annas Herz setzte einen Schlag aus. »Wieso denn das? *Ich* muss mich doch entschuldigen, weil ich dich so rausgeworfen habe. Ich war nur ... ich hatte vergessen ... dass ...« Anna wusste nicht einmal, wie sie ihr Verhalten vom letzten Mal erklären sollte.

»Nein!« Heike trat näher an Anna heran und legte eine Hand sanft auf ihre Schulter. »Bitte, du brauchst mir nichts zu erklären.«

Annas Schulter begann zu glühen, obwohl sie eine dicke Strickjacke trug. Heikes Finger hatten nicht einmal Kontakt zu ihrer Haut.

»Ich habe viel über das letzte Mal nachgedacht. Und es tut mir leid, dass ich dir zu nahe gekommen bin. Manchmal ...« Heike kicherte verlegen auf. »Manchmal gehe ich zu schnell in den Körperkontakt über. Ich glaube, weil das unter uns Sportlerinnen ganz normal ist. Aber dabei vergesse ich, dass es anderen Leuten vielleicht zu viel ist.«

»Heike …« Anna hob eine Hand und legte sie auf Heikes.

Aber Heike ignorierte sie und sprach einfach weiter.

»Du musst es mir sagen, wenn ich dich zu viel antatsche. Und wenn ich zu sehr von mir auf andere schließe. Dass ich dich zum Beispiel wegen den heruntergefallenen Plätzchen so bedrängt habe, das tut mir auch leid. Ich dachte einfach, dass das nicht so schlimm ist, weil wir – also du – ja, weil da eben schon so viele andere gute Plätzchen waren und weil wir auch Neue machen konnten und weil …«

Anna versuchte wirklich, Heikes Wortschwall zu folgen. Aber sie kam nicht mit. Alles, was sie sah, waren Heikes Lippen, die sich, so nah vor ihr, bewegten. Heikes Zunge, die ihre Lippen befeuchteten. Das leichte Glitzern auf ihnen.

Anna zwinkerte, kniff die Augen zusammen und zog mit letzter Kraft den Blick von Heikes Mund fort. Doch als sie in Heikes Augen sah, war es nur das gleiche Spiel. »Ich mochte es«, sagte Anna mitten in Heikes Worte hinein.

Die hielt sofort inne. Eine geschwungene Augenbraue hob sich. »Bitte?«

Anna lachte nervös auf. »Ich fand es gut, dass du versucht hast, mich aufzumuntern. Du hast ja auch Recht gehabt. Die paar Plätzchen. Das war wirklich kein Weltuntergang.«

Heikes Hand spannte sich unter ihrer an.

Deshalb begann Anna mit dem Daumen darüber zu streicheln.

Heikes Aufmerksamkeit wanderte zu Annas Schulter. Sie studierte Annas Hand nachdenklich. »Aber …«

»Ich …« Annas Daumen kitzelte von der Berührung mit Heikes weicher Haut.

Heike lachte und nickte aufmunternd. »Du zuerst.«

Anna zog die Hand von Heikes Schulter fort. Sie war kurz davor, sie auf Heikes Gesicht zuzubewegen. Aber im letzten Moment ließ sie sie an ihrer Seite heruntersinken.

Auch Heike zog daraufhin die Hand von Annas Schulter zurück. Sie stopfte sie in ihre Jackentasche.

»Ich glaube, das alles mit dem Weihnachtsfest ist ein bisschen viel für mich. Ich hätte nie gedacht, dass das so anstrengend sein könnte.« Anna senkte die Augen. Sie konnte nicht anders, als ihren Blick auf dem Reißverschluss an Heikes Jacke ruhen zu lassen. Der war gerade so weit hochgezogen, dass er den V-Ausschnitt an Heikes Shirt bedeckte. Aber Anna konnte trotzdem deutlich die ersten Zentimeter der Rundungen von Heikes Brüsten sehen.

Annas Hals schnürte sich zu. Sie musste ein paar Mal schlucken, ehe sie weiterreden konnte. »Es gibt noch so viel zu tun. Die restlichen Geschenke kaufen und dann einpacken. Die Wohnung auf Hochglanz bringen und im Wohnzimmer muss ich mir auch noch überlegen, wo ich den Baum hinstelle und dann noch die ganzen Tische und Stühle aus dem Keller und so zusammensuchen, damit alle aus der Familie ihren Platz haben. Und dann muss ich mir auch noch überlegen, was ich koche und das schon mal ausprobieren und natürlich dafür einkaufen gehen. Dann den Baum aufstellen und …«

Heike stoppte sie mit einem Lachen. »Das ist eine Menge zu erledigen. Aber alles kein Problem. Ich bin hier, wenn du Hilfe brauchst.«

Anna hob den Blick von Heikes Ausschnitt und sah ihr stattdessen ins Gesicht. Heikes Augen strahlten sie wie zwei Sterne an. »Ich weiß. Danke.«

»Du brauchst dich nicht zu bedanken. Ich mach das gern.« Heikes Lächeln wurde breiter. »Es macht mir Spaß.«

»Echt? Obwohl ich so chaotisch bin und dann auch noch so gestresst reagiere?« Anna konnte Heikes Worte gar nicht glauben. Sie hätte jemanden wie sich selbst wohl am liebsten auf den Mond geschossen. Heike aber schien ihre verplante, chaotische Art nicht zu stören.

Heike lachte auf. »Ein bisschen durcheinander läuft das bei dir schon.«

Anna verzog das Gesicht, grinste dann aber verlegen. »So bin ich halt.«

»Und ich ...« Heike zwinkerte Anna zu. »... mag das. Ist doch alles gar nicht so schlimm. Zusammen schaffen wir das schon. Und du wirst das tollste Weihnachtsfest haben, das du dir vorstellen kannst. Dafür sorgen wir.«

»Ich wünschte nur, dass es schon vorbei wäre«, sagte Anna mit einem Augenrollen.

»Nein, machst du nicht.« Heike schüttelte heftig den Kopf. Sie überlegte kurz. Nach einem Moment fragte sie: »Sag mal, hast du heute noch was vor?«

Anna brauchte nicht lang nachzudenken. »Nein. Wieso?«

»Hättest du Lust auf Weihnachtsmarkt?«

»Weihnachtsmarkt? Jetzt?« Annas Herz begann, wieder schneller zu schlagen.

»Nur, wenn du Lust und Zeit hast. Ich dachte mir bloß, ehe du deine ganze Vorfreude auf Weihnachten verlierst, sollten wir etwas dagegen unternehmen«, sagte Heike.

»Ja! Unbedingt!« Anna schaute an sich herunter. Dann wieder zu Heike auf. »Kannst du kurz im Wohnzimmer warten? Ich muss mir etwas anderes anziehen.«

Heikes Augen flogen über Anna.

Eine Gänsehaut bildete sich auf Annas Armen.

»Klar. Aber für mich brauchst du dich nicht umzuziehen.« Heike lächelte. »Ich mag deine Sachen.« Sie nickte zu der grauen Strickjacke und der abgewetzten Jeans, die Anna trug.

Erneut stieg Anna die Röte ins Gesicht. Sie drehte sich um und ging in ihr Schlafzimmer. »Zumindest eine andere Hose.«

»Wenn du meinst …« Heike wendete sich mit einem Schulterzucken ab.

Anna schielte über die Schulter. Sie sah gerade noch, wie Heike den Blick von ihrem Hintern fortzog und in Richtung Wohnzimmer wegging.

»Anna? Anna, bist du das?«

Heike fuhr herum, als sie Annas Namen hinter sich hörte.

Eine dunkelblonde Frau kam in der Mitte der Fußgängerzone auf sie und Anna zugelaufen. Obwohl sie die

Hände mit Tüten vollbepackt hatte, winkte sie wild durch die Luft.

Heike sah zu Anna und hob die Augenbrauen an. »Kennst du die?«

Anna hatte sich ebenfalls umgedreht. Beim Anblick der Frau versteifte sie sich. »Caro.«

»Caro?« Heike hatte keine Zeit mehr, etwas anderes anzufügen.

Annas Ex-Freundin hatte sie bereits eingeholt. Mit einem unnatürlich grellen Quietschen zog sie Anna in eine Umarmung. Durch den Schwung trafen Caros Tüten Heike in den Bauch.

Heike schnaufte aus und taumelte zurück.

»Hallo, Caro.« Anna löste sich aus Caros Umarmung und trat einen Schritt zurück. »Was machst du denn hier?«

»Shopping.« Caros volle Aufmerksamkeit lag auf Anna. Ihr Gesicht erstrahlte mit einem breiten Lächeln. »Gut siehst du aus.«

Heike bemerkte die Anspannung in Annas Körper. Als ob sie kurz davor war, wie ein zu weit aufgeblasener Luftballon zu explodieren. Sie trat einen kleinen Schritt auf Anna zu.

»Ähm ... danke.« Anna sah zu Heike.

Heike legte den Kopf fragend schief.

»Heike, das ist Caro. Meine Ex.« Anna deutete zu ihrer Ex-Freundin und dann in die andere Richtung. »Caro, das ist Heike.«

Ein Blick aus zusammengepressten Augen legte sich auf Heike. »Hallo. Heike?«

Heike nickte. »Hallo.« Sie bemerkte, dass ihre Stimme viel zu scharf klang.

Caros Miene verdunkelte sich.

Heike musterte Annas Ex-Freundin von oben bis unten. Auf dem dunkelbraunen Stoffmantel schmolzen die wenigen Schneeflocken, die noch vom Himmel fielen. Darunter schauten eine helle Bluse und ein dunkles Jackett hervor. Passend zu der Stoffhose im selben Farbton.

»Du hast deine Haare wieder kurz schneiden lassen?«

Annas Stimme brachte Heike dazu, aufzuschauen. Ihr Blick traf Caros, der sie mindestens genauso kritisch beäugte. Aber ehe Heike darauf reagieren konnte, wendete Caro sich Anna zu.

»Ja. Ich brauchte mal etwas Neues.« Caro lächelte Anna an. »Gefällt es dir?« Sie zupfte an ihren Haarspitzen.

Anna zuckte mit einer Schulter. »Steht dir.«

Caro grinste. »Du hast sowieso immer meine Kurzhaarfrisuren mehr gemocht.«

Anna verlagerte ihr Gewicht von einem Fuß auf den anderen. »Ich fand einfach, dass das am besten zu dir passt.«

Caro hob eine Hand und legte sie auf Annas Schulter. »Du hast so vieles über mich gewusst, worüber ich mir gar nicht selbst bewusst war.«

Heikes Magen zog sich zusammen, als sie Caros sanfte Geste sah. Sie studierte den Straßenbelag und kämpfte gegen das Verlangen an, Caros Hand von Annas Schulter zu nehmen.

»Ja, vielleicht.« Anna räusperte sich. »Aber anscheinend auch nicht alles.«

Heike lugte auf, ohne den Kopf zu heben. Annas Stimme hörte sich verbittert an.

Anna deutete auf die Tüten, die Caro fest umklammert hielt. »Ich wusste zum Beispiel nicht, dass du gerne shoppen gehst.«

Caro sah zu den Tüten. »Das hier? Das sind nur die Weihnachtsgeschenke.«

»Weihnachtsgeschenke?!« Annas Stimme überschlug sich.

Heike hob den Kopf an und sah zu Anna. Deren Gesichtszüge waren bei Caros Erklärung vollkommen entgleist.

»Anna, ich ...«, setzte Caro an.

»Sag das nochmal.« Anna biss die Zähne so fest zusammen, dass Heike das Knirschen sogar in der überfüllten Fußgängerzone hören konnte.

»Es tut mir leid.« Caro stellte ihre Tüten ab und streckte eine Hand nach Anna aus.

Anna aber wich vor der Geste zurück. »Fass mich nicht an!«

Die Alarmglocken in Heikes Kopf begannen zu läuten. Sie trat einen Schritt nach vorn und legte eine Hand auf Annas Rücken. »Anna? Wollen wir dann weiter zum Markt?«

Anna zuckte bei der Berührung zusammen. Sie sah zu Heike. Dann zu Caro und wieder zu Heike. Tränen sammelten sich in ihren Augen. »Wieso lasst ihr mich nicht einfach in Ruhe?« Sie drückte Heikes Hand von sich weg, drehte sich um und rannte los.

»Anna?!« Heike sah Anna hinterher. »Warte doch!«

»Lass sie.« Caro fasste nach Heikes Arm und hielt sie so davon ab, Anna nachzulaufen. »Das müssen Anna und ich klären.«

»Was gibt es denn da zu klären?« Heike zerrte ihren Arm aus Caros Griff frei. »Hast du nicht gesehen, dass sie geweint hat?«

»Ja, habe ich.« Caro lächelte fast schon mitleidig. »Ich kenne Anna gut. Sehr gut sogar. Und du?«

Heike zog die Augenbrauen zusammen. »Ich?«

Caro griff nach ihren Tüten und hob sie an. »Dachte ich mir schon. Anna würde nicht so schnell nach unserer Trennung etwas Neues anfangen.« Damit drehte sie sich um und ging in die andere Richtung. Heike ließ sie mitten in der Fußgängerzone stehen.

»Hey!« Heikes Mund fiel auf. »Was soll denn das?!«

Aber Caro war schon längst zwischen den Menschenmassen abgetaucht.

Heike fuhr sich mit der Hand durch das Haar. Sie sah in die Richtung, in der Anna verschwunden war. »Verdammt!« Heike hob sich auf ihrem gesunden Fuß auf die Zehenspitzen und versuchte Annas roten Schopf zwischen den Passanten zu sehen, aber sie war nicht aufzufinden.

»Das gibt's doch nicht!« Heike zog ihr Handy hervor, während sie in die Richtung lief, die Anna für ihre Flucht genutzt hatte. Sie suchte durch ihre Freundesliste, bis sie Annas Nummer gefunden hatte und drückte den Anrufknopf. Aber auch nach mehreren Versuchen wurde sie immer nur mit der Mailbox verbunden.

Heike schob das Handy zurück in ihre Jackentasche und bahnte sich den Weg durch die Weihnachtseinkäufer.

Anna riss die Wohnungstür auf. »Was willst du denn noch? Hör auf hier Sturm zu klingeln!«

Caro wich einen Schritt zurück. »Nur mit dir reden.«

»Was soll es denn noch zu reden geben? Zwischen uns ist alles gesagt.« Anna wollte die Tür wieder zudrücken, aber Caros Hand stoppte sie.

»Bitte, Anna.«

Anna schluchzte auf und drehte sich weg. Sie ging ins Wohnzimmer, wo sie sich auf das Sofa fallen ließ.

Caro folgte ihr. Sie blieb im Türrahmen stehen und sah sich um. »Wow!«

Anna lachte hysterisch auf. »Wow? Das ist alles, was du sagen kannst? Dann kannst du auch gleich wieder gehen.«

»Ich meinte all die Weihnachtsdeko.« Caro betrat den Raum und ging langsam auf die Couch zu. Dabei zog sie ihren Mantel aus und legte ihn auf den Einsitzer, der gegenüber dem Sofa stand. »Das sieht wirklich toll aus, Anna.« Sie fasste nach dem Adventskranz, der auf dem Wohnzimmertisch stand, und drehte ihn, um ihn besser betrachten zu können. »Hast du den selbst gemacht? Der sieht ja echt toll aus.«

»Ach, jetzt plötzlich findest du das alles super?« Anna verschränkte die Arme vor der Brust. Der Tag wurde besser und besser.

Caro setzte sich neben sie. »Anna, schau mich an.«

Anna presste die Zähne zusammen und ignorierte Caros Worte. Geredet hatten sie in ihrer Beziehung genug. Gebracht hatte es reichlich wenig. Warum sollte das jetzt anders sein?

»Gut, dann eben ohne Anschauen.« Caro wendete sich etwas ab und sah erneut durch den Raum. »Ich weiß, dass das mit den Geschenken überraschend für dich kam.«

»Ach echt?« Anna schüttelte den Kopf. »Ich frage mich, woher diese Erkenntnis kommt. Sonst hast du Geschenke immer als total albern abgetan. Vor allem zu Weihnachten. Und jetzt plötzlich rennst du mit – wie viele Tüten waren das? – durch die Stadt.«

Caro nickte bedächtig. »Ja, du hast recht.«

Anna setzte sich auf. »Und überhaupt, was soll das Rumgeschleime, dass die Weihnachtsdeko so schön ist? Das kannst du dir sparen.«

»Es war kein ...«

»Was denn bitte sonst? Wir waren sechs Jahre zusammen! Sechs Jahre, in denen du mir immer wieder gepredigt hast, dass ich nicht so ein Tamtam um das Weihnachtsfest machen soll. Dass all die Lichter und der Schmuck blöder Kitsch seien und das ganze Fest sowieso nur um den Konsum ginge.« Anna sprang auf und lief zum Fenster.

»Ja. Ich weiß.«

Anna hörte, dass Caro sich ebenfalls erhob. Sie rieb sich mit den Händen über die Oberarme. »Sechs Jahre, in denen du gegen nichts mehr angekämpft hast als gegen Weihnachten. Als ob jeder, der es feiert, direkt in die Hölle verbannt wird. Nicht einmal ...«

Sie wurde vom Klingeln der Haustür unterbrochen. Anna drehte sich um und sah zur Wohnzimmertür.

»Willst du nicht aufmachen?«, fragte Caro sanft, als Anna sich nicht bewegte.

Es klingelte erneut.

Anna zwickte die Augen zusammen und ging zur Sprechanlage. Aber ehe sie den Hörer abnehmen konnte, klopfte es an der Tür.

»Anna? Bist du da?«

Annas Herz machte einen Hüpfer. Heikes Stimme klang besorgt. Sie öffnete die Wohnungstür, hielt sie aber nur so weit offen, dass sie durch einen winzigen Spalt hinausschauen konnte. »Hi.«

Heike atmete bei ihrem Anblick merklich durch. »Da bist du ja. Ich habe dich überall gesucht.«

»Tut mir leid«, antwortete Anna. Sie konnte sich nicht dazu bringen, Heike anzulächeln oder sie gar länger anzuschauen. »Ich wollte dich nicht beunruhigen.«

Heike trat näher an die Tür heran. »Ist alles okay? Du warst so aufgelöst, nachdem wir deine Ex getroffen haben.«

Anna musterte Heike. Ihre Kleidung war vom Schnee, der wieder stärker zu fallen angefangen hatte, durchweicht. Selbst ihre Haare klebten ihr im Gesicht. Am liebsten hätte Anna die Hand ausgestreckt und Heike die Strähnen hinter das Ohr gestrichen. Stattdessen verkrampfte sie die Finger um die Türklinke. »Warst du die ganze Zeit draußen unterwegs, um nach mir zu suchen?«

»Ja. Nachdem Caro einfach abgedüst ist.« Heike lächelte gezwungen. »Sie ist eine ganz schöne He...«

Anna wurde die Tür aus der Hand gerissen, als Caro sie aufzog. »Ich bin was?!«

Heikes Mund fiel auf. Alle Farbe wich aus ihrem Gesicht. »Caro …«

Anna blieb vor Schreck das Herz fast stehen. Sie hatte sich so auf Heike konzentriert, dass sie Caro schon beinahe wieder vergessen hatte. »Ich habe das hier unter Kontrolle, Caro.«

»Das weiß ich nicht, ob du das hast.« Caro trat in den Türrahmen und sah Heike ohne mit der Wimper zu zucken an. »Wie war der Name noch gleich? Heike, oder?«

Heike zeigte keine Regung.

»Gut, Heike. Anna und ich sind mitten im Gespräch. Danke, dass du nach ihr gesucht hast. Aber du weißt ja jetzt, dass sie wieder heil daheim angekommen ist. Von hier an übernehme ich.« Caro trat näher an Anna heran.

Heikes Augen sprangen von Caro zu Anna und zurück. Sie schluckte schwer. »Ich …«

»Heike.« Anna versuchte, Heikes Aufmerksamkeit auf sich zu ziehen. Das hier lief alles aus dem Ruder. So hatte sie sich den Abend mit Heike auf dem Weihnachtsmarkt bestimmt nicht vorgestellt.

»Das ist …« Heike holte tief Luft und trat einen großen Schritt zurück. »Es ist okay, Anna. Ich verstehe schon. Du kannst ja mal anrufen, wenn du …«

Caro zog Anna mit einer Hand auf der Schulter in die Wohnung. »Das wird sie.«

Als die Tür vor ihr zufiel, starrte Anna regungslos auf die Klinke. Bis sie Caros Schritte hörte, die sich von ihr entfernten. Anna wirbelte herum. »Was fällt dir ein, so mit ihr zu reden?«

»Du hast mich nicht gerade davon abgehalten.« Caro ging zurück ins Wohnzimmer.

Anna folgte ihr. »Ich ... Ich habe gar keine Chance gehabt, zu reagieren. Du hast ihr die Tür einfach vor der Nase zugehauen.«

»Wieso?« Caro ließ sich auf die Couch fallen. »Du hättest bloß deinen Mund aufmachen müssen. Oder ihr gerade eben nachgehen können. Hast du aber nicht.«

»Das ist ... Du hast dich keinen Deut verändert.« Anna warf die Hände in die Luft. »Immer muss alles nach deiner Nase gehen. Und das, was andere fühlen, interessiert dich kein Stück.«

Annas Worte schienen Caro zu treffen. Sie senkte den Blick auf den Wohnzimmertisch. »Es tut mir leid. Ich war mir nicht bewusst, dass sie dir so viel bedeutet.«

Anna starrte auf Caro, die plötzlich wie ein Häufchen Elend auf ihrem Sofa saß. »Darum geht es doch gar nicht.«

»Anscheinend schon. Wenn es dir sogar wichtiger ist, was sie denkt, als das Gespräch mit mir zu Ende zu führen ...« Caro ließ den Satz ausklingen.

»Sie hat nichts damit zu tun.« Anna bemerkte, dass sie lauter wurde. Sie rieb sich mit der Hand über die Stirn.

»Wirklich nicht?«

Anna zog die Augenbrauen herunter, als sie den hoffnungsvollen Ausdruck auf Caros Gesicht erkannte. »Caro«, sagte sie in ermahnendem Ton.

»Wenn sie dir tatsächlich nichts bedeutet, dann können wir doch ...«

Anna ließ die Hand von ihrer Stirn fallen. »Das habe ich auch nicht gesagt.«

Caro hielt inne. »Du liebst sie?«

Statt zu antworten oder auf die Frage zu reagieren, wendete Anna sich ab und lief zur Balkontür, um in das Schneetreiben zu schauen. Die Lichter der Kette am Balkongeländer färbten den tristen Betonboden des Balkons in den buntesten Farben. Dort, wo der Schnee langsam liegen blieb, glitzerte das Licht fast magisch.

Vor Anna erschien ein Bild von Heike und von ihren Augen, in denen sich die bunten Lichter der Kette gespiegelt hatten. Das Strahlen verwandelte sich in den geschockten Gesichtsausdruck, der gerade eben an der Wohnungstür zwischen ihr und Caro hin und hergesprungen war.

»Du liebst sie.« Caros Stimme klang plötzlich vollkommen ernüchtert. »Dann kann ich ... ja auch gleich gehen.«

»Nein!« Anna zwang sich dazu, von der Lichterkette wegzuschauen und sich stattdessen Caro zuzuwenden, die schon im Türrahmen des Wohnzimmers stand. »Ich liebe sie nicht.«

Ein Lächeln spukte um Caros Lippen.

»Ich mag sie«, sagte Anna. Ihr Herz erwärmte sich, als sie an Heike dachte. »Sie steht mir zur Seite und hilft mir. Sie hört mir zu und interessiert sich auch für das, was *ich* denke und fühle und möchte. Das kann man ja nicht von jedem hier behaupten.«

Caros Schultern sackten herunter. »Ich weiß. Ich habe viele Fehler gemacht. Und das tut mir leid.« Sie ging zu Anna herüber und nahm deren Hände in ihre. »Aber ich habe Zeit gehabt, nachzudenken.«

An Annas Armen zog ein unangenehmes Kribbeln empor. Es setzte sich wie das Gefühl eines dunklen Schattens, der einen im nächtlichen Park verfolgt und jederzeit nach einem greifen könnte, in ihr Genick. Sie versuchte, ihre Hände freizuziehen.

Aber Caro hielt sie fest. »Deshalb bin ich heute auch hierhergekommen.«

»Um mir zu sagen, welch tolle Wandlung du durchgemacht hast?« Anna riss ihre Hände doch frei und trat von Caro fort. Als wieder mehr Raum zwischen ihnen war, legte sich auch das bedrohliche Gefühl. Sie ließ sich erneut auf das Sofa fallen.

»Um dir zu erklären, warum du mich mit all den Geschenken in der Stadt getroffen hast.« Caro folgte Anna zur Couch und setzte sich neben sie. »Ich vermisse dich.«

Annas Atem stockte. Selten hatte sie Caro so weinerlich reden hören. Selten hatte Caro so verletzlich gewirkt wie jetzt gerade. Annas Blick traf Caros. Tränen standen in Caros Augenwinkeln. Anna öffnete den Mund, um etwas zu sagen, aber ein Finger legte sich auf ihre Lippen.

»Sch, bitte, sag nichts.« Caro senkte den Finger und nahm Annas Hände in ihre. »Lass es mich dir einfach erklären.«

Anna schüttelte den Kopf. »Wir haben doch schon so oft darüber geredet.«

»Das war davor. Bevor du dich von mir getrennt hast.« Caro lächelte gequält.

»Du warst damit einverstanden.« Annas Herz verkrampfte sich bei dem Gedanken an das letzte Gespräch mit Caro bei ihrer Trennung.

»Weil ich dumm war. Ich habe nicht erkannt, wie viel du mir tatsächlich bedeutet hast und wie gut du für mich warst.« Caro hob eine Hand und legte sie auf Annas Wange.

Anna versuchte der Berührung durch eine Kopfbewegung zu entkommen. »Nicht ...«

»Ich möchte aber.« Caro lachte leise auf. »Da haben wir es wieder. Ich stelle meine Wünsche über deine.« Caro ließ die Hand in ihren Schoß fallen.

Annas Wange kitzelte an der Stelle, an der Caros Hand zuvor so sanft gelegen hatte.

»Was möchtest *du*?«, fragte Caro leise.

In Annas Augen brannten Tränen. »Ich möchte ... verstehen. Warum gehst du jetzt plötzlich – nach all den Jahren und all den Streits – Weihnachtsgeschenke einkaufen?«

»Für meine Mutter. Und für ... dich.«

»Für mich?« Anna sah auf und direkt in Caros warme Augen.

»Es war nicht geplant, dass ich dich vor Weihnachten treffe.« Caro grinste schräg. »Aber als ich dich da in der Stadt gesehen habe, konnte ich einfach nicht anders. Ich musste dich ansprechen.«

»Geplant?«

»Ich wollte dich an Weihnachten überraschen.« Caro rollte mit den Augen. »Das hat sich jetzt wohl erledigt.«

»Ich verstehe das alles nicht.« Die Gedanken in Annas Kopf schienen ein Eigenleben entwickelt zu haben. Sie massierte ihre Nasenbrücke.

»Ich weiß«, gab Caro kleinlaut zu.

»Es ist alles zu viel für mich. Die Vorbereitungen für Heiligabend, Heike, du ...« Hinter Annas Stirn begann es zu pochen.

Als sie Heikes Namen erwähnt hatte, war Caro merklich zusammengezuckt. Aber statt etwas zu sagen, lehnte sie sich ein Stück nach vorn und mit einem Finger unter Annas Kinn zwang sie Anna dazu, aufzuschauen. »Ich werde es dir erklären. Aber es muss nicht heute sein. Wir können uns treffen und reden. Wir können zu deinem Lieblingschinesen in die Stadt gehen. Oder ich koche etwas für dich bei mir daheim. Oder ... ganz egal. Was auch immer du willst. Solange du mir noch eine Chance gibst.«

Caros Augen tanzten über Annas Gesicht, bis sie an Annas Lippen hängen blieben.

Anna blinzelte. Caros Finger unter ihrem Kinn brannte sich schmerzhaft in ihre Haut. »Noch eine Chance?«

Caros Lippen weiteten sich in einem zärtlichen Lächeln. »Um es dir zu erklären.«

Anna wagte es nicht, sich zu bewegen. Caros Blick war für einen kurzen Moment zu ihren Augen zurückgekehrt, ehe er wieder über ihr Gesicht wanderte. In ihren Tiefen hatte sich so vieles aus der gemeinsamen Vergangenheit widergespiegelt. »Caro, ich ...«

»Sch…« Caro lehnte sich weiter vor und hauchte einen Kuss auf Annas Wange. Ehe sie sich zurücklehnte, flüsterte sie: »Sag einfach Ja.«

Annas Mund öffnete sich, ehe sie überhaupt über die richtige Antwort nachdenken konnte.

Caro setzte sich wieder gerade auf. »Okay?«

Anna nickte zögerlich. »Nur reden«, brachte sie hervor.

»Nur reden.« Caro stand auf. »Und jetzt gehe ich. Ruf mich einfach an, um Bescheid zu sagen, wann wir uns treffen können. Und wo.« Sie begann sich zu Anna herunterzubeugen, hielt dann aber inne. »Bis dann, Anna.«

Anna sah Caro hinterher, als die nach einem letzten Blick zurück aus dem Wohnzimmer herausging. Die Wohnungstür fiel leise hinter ihr ins Schloss.

Ein tiefer Atemzug entrann Anna. Die plötzliche Stille in der Wohnung fühlte sich wie die schwüle Hitze vor einem Sommergewitter an. Anna legte eine Hand auf die Rückenlehne der Couch und sah zur Balkontür.

Die Lichterkette, die Heike und sie zusammen aufgehängt hatten, blinkte lautlos vor sich hin.

»Und noch einmal.« Miró , Heikes Physiotherapeut, deutete ihr an, das Bein erneut von der Liege anzuheben. »Na, komm.«

Heike stöhnte tief. »So langsam ist es aber genug.«

»Es ist erst dann genug, Fräulein, wenn du dein Training wieder wie vorher fortsetzen kannst.« Er deutete auf Heikes Bein. »Noch mal.«

Heike tat wie befohlen. Der Schmerz schoss durch ihre Muskeln. Sie biss die Zähne zusammen. »Ich hasse dich«, presste sie hervor.

»Ich weiß.« Miró grinste so breit, dass sein kantiges Gesicht von einem Strahlen erhellt wurde. »Aber gleichzeitig kannst du nicht ohne mich.« Er trat an die Liege heran und legte warme Hände auf Heikes Bein. Vorsichtig begann er, die müde Muskulatur durchzukneten.

Heike stöhnte erneut. »Ich hoffe, ich muss dich nicht mehr viel länger ertragen.« Sie streckte Miró die Zunge heraus, als der lachte.

Heike faltete die Hände und legte sie auf ihren Bauch. Genau, wie sie es erwartet hatte, erschien über ihr ein Abbild von Anna. Die grünen Augen musterten sie neugierig, strahlten dann voller Vorfreude. Wie damals, als sie zusammen eine Plätzchensorte nach der anderen gebacken hatten. Doch eine Sekunde später wandelte sich das Bild. Jetzt stand die Anna vor ihr, die nichts getan hatte, als Caro ihr die Tür vor der Nase zugeschlagen hatte.

Heike stöhnte und schloss die Augen.

»Du warst heute aber auch ganz schön neben der Spur.« Mirós Hände wanderten in kreisenden Bewegungen an Heikes Bein auf und ab.

»Hm?« Heike hob den Kopf.

Miró schmunzelte in sich hinein. Kommentarlos schaute er von Heikes Gesicht zu ihrem Bein und zurück.

Heike seufzte. »Inka hatte recht.«

»Soweit ich sie kenne, hat sie das doch immer.« Miró lachte.

»Ich weiß.« Heike musste ebenfalls lachen. »Aber dieses Mal ist es tatsächlich so. Ich hätte die ganze Sache mit Anna gar nicht so weit kommen lassen sollen.«

»Oh, Frauengeschichten!« Miró ballte eine Hand zur Faust. »Yes! Wie ich das liebe.«

Heike hob ihren Oberkörper an und stützte ihn auf ihre Unterarme. Sie beobachtete Mirós Hände auf ihrem Bein. »Ich beneide dich. Die Frauen stehen bei dir Schlange – was natürlich gar nichts mit deinen Muskelbergen zu tun hat – und du kannst dir aussuchen, welche du nimmst und unter welchen Konditionen.«

Miró schmunzelte. »Wenn das mal so einfach wäre. Aber ein bisschen Gefühl muss auch für mich dabei sein.«

»Schon klar. Ein Riese mit harter Schale und weichem Kern.« Heike legte sich wieder zurück.

»Bei dir scheint das mit den Gefühlen wohl auch so eine Sache zu sein.« Miró trat an die untere Seite der Liege und begann, Heikes Zehen zu massieren.

»Ihre Ex ist aufgetaucht.« Mehr musste sie eigentlich nicht sagen. Davor war alles zwischen Anna und ihr so gut gelaufen. Selbst nach der komischen Situation beim Plätzchenbacken. Und dann musste Caro alles kaputt machen.

»Oha, so etwas kann eine Beziehung kräftig durchrütteln«, stellte Miró fest.

Heike zuckte mit einer Schulter. »Wir sind ja eigentlich nur Freunde. Aber diese Caro …« Sie brummte missmutig.

»Nur Freunde? Und warum ist es dann so wichtig, ob die Ex auftaucht oder nicht?«

»Weil sie ganz offensichtlich etwas dagegen hat, dass wir Freunde sind. Sie schiebt sich zwischen Anna und mich.« Heikes Magen verkrampfte sich. »Ich bin echt kein eifersüchtiger Mensch. Von mir aus kann Anna machen, was sie will. Ich habe kein Anrecht auf sie. Aber bei dieser Caro habe ich sofort gemerkt, dass sie nicht die Richtige für Anna ist. Das hätte ein Blinder mit Krückstock gesehen.«

Mirós leises Lachen unterbrach Heikes Wortschwall.

Sie schaute zu ihm. »Was ist?«

»Nichts.« Miró schüttelte den Kopf, das unschuldigste Grinsen auf das Gesicht gepflastert, das er wohl aufbringen konnte. »Umdrehen.«

Heike rollte sich auf den Bauch. »Caro ist so ein Miststück. Ob du's glaubst oder nicht, sie hat mir tatsächlich die Tür vor der Nase zugeschlagen. Dabei wollte ich mich doch nur vergewissern, ob es Anna nach der Sache in der Stadt gut ging.«

Mirós Hände fassten nach Heikes Fußgelenk und begannen, es sanft zu drehen und zu beugen. »Was war denn in der Stadt?«

»Wir waren auf dem Weg zum Weihnachtsmarkt ...«

»Mit deinem Fuß? Du weißt aber schon, dass du nicht allzu viel Laufen sollst?«

Heike wackelte mit dem Kopf. »Mein Fuß ist schon viel besser. Ich glaube, all das Dekorieren und Plätzchenbacken und so hat mich von den Schmerzen abgelenkt. Seitdem habe ich gute Fortschritte gemacht.« Heike sah über die Schulter. »Findest du nicht?«

Miró hob eine Augenbraue. »Übertreib es nicht. Das ist es keine Frau wert.«

»Anna schon.« Heike wendete sich hastig ab, als ihr bewusst wurde, was sie laut gesagt hatte. Eine Hitzewelle schwappte über Heikes Gesicht und versickerte erst knapp über ihrem T-Shirt-Kragen. »Was ich meine, ist …«

»Dass du doch mehr von ihr willst als nur eine Freundschaft«, beendete Miró den Satz. »Und dass diese Caro deshalb ein echtes Problem ist.«

»Nein.« Heike warf Miró einen genervten Blick über die Schulter zu. Dann faltete sie die Arme übereinander und legte ihre Stirn darauf. »Anna und ich haben schon gesagt, dass wir keine Beziehung wollen. Nur Freundschaft.«

»Ich bin zwar nur ein Mann, aber ein bisschen verstehe ich trotzdem von Beziehungen.« Miró schüttelte Heikes Beine aus. Dann gab er ihr einen Klapps und trat zur Seite.

»Was hat denn das damit zu tun, dass du ein Mann bist?« Heike setzte sich auf und wartete, bis Miró die Behandlungsliege so weit herabgesenkt hatte, dass sie ohne herunterspringen zu müssen aufstehen konnte. »Ich war nie der Meinung, dass Männer keine Gefühle zeigen oder darüber reden können.«

»Lenk nicht ab.« Miró nahm das Handtuch, auf dem Heike gelegen hatte und faltete es. »Ich habe auf jeden Fall Augen im Kopf. Und ich sehe, dass dir Anna ziemlich viel bedeutet. Und dass diese Caro dich nur noch mehr durcheinander bringt. Was wiederum für deine Genesung nicht gut ist. Und das wiederum gefällt *mir* nicht.«

»Ich bin doch gar nicht durcheinander.« Heike nahm das Handtuch und ließ sich von Miró aus dem Behandlungszimmer schieben. »Ich sehe alles klar und deutlich.«

»Doch, bist du. Ich habe dir heute jede Übung mindestens doppelt erklären müssen. Obwohl wir sie schon hundertfach gemacht haben. Und zugehört hast du sowieso nicht.« Miró verschwand im Bad der Physio-Praxis, um seine Hände zu waschen.

Heike starrte auf die halb offene Badezimmertür. Mirós Worte kreisten in ihrem Kopf wie ein Schwarm Aasgeier um ein totes Tier.

Aus Richtung der Anmeldung kam leises Summen. Es wurde zu einer weiblichen Stimme, die das Lied im Radio aufdrehte und mitsang. »Last Christmas, I gave you my heart. But the very next day ...«

Heike lehnte sich um die Ecke und spähte zum Tresen. Silke, die zweite Therapeutin der Praxis, saß über den Terminkalender gebeugt und kritzelte darin herum.

»Gott, ich hasse dieses Lied«, raunte Heike und stellte sich wieder gerade hin. »Jedes Jahr dasselbe.«

Miró kam aus dem Bad heraus und deutete auf Heike. »Bring das in Ordnung, ehe deine Gesundheit und damit deine Karriere darunter leidet. Wie gesagt, das ist es keine Frau wert. Nicht einmal deine Anna.«

Heike folgte Miró bis zur Praxistür. Auf dem Weg schnappte sie sich einen Minilebkuchen vom Tresen und zwinkerte Silke an. An der Tür gab sie Miró eine kurze Umarmung, ehe sie in den Hausflur trat. »Sie ist nicht ›meine

Anna‹«, sagte sie und drehte sich ab. »Wohl eher Caros Anna.« Heike schob sich den Lebkuchen in den Mund.

Miró machte ein zischendes Geräusch. »Bis nächste Woche. Montag. Vergiss den verschobenen Termin nicht.«

Heike rollte mit den Augen, winkte Miró zu und ging zur Treppe. »Meine Anna«, murmelte sie. »So ein Schwachsinn.«

Kapitel 4

Anna wippte auf ihren Füssen vor und zurück. Sie starrte auf das Klingelbrett an Heikes Wohnhaus und ließ den Finger über Heikes Namen kreisen. Aber auch zehn Minuten, nachdem sie das erste Mal hatte klingeln wollen und sich einfach nicht hatte überwinden können, ließ sich ihr Finger nicht dazu bringen, den Knopf zu drücken.

»Anna?« Heike trat, den Hausschlüssel in der einen Hand und ein gefaltetes Handtuch in der anderen, an Anna heran.

»Hi.« Annas Herz machte einen Satz. Eine ganze Schar Ameisen begann in ihrem Magen wild durcheinanderzulaufen. »Da bist du ja.«

»Ich war bei der Krankengymnastik.« Heikes Augen flogen über Anna. »Was machst du hier? Und woher weißt du, wo ich wohne?«

Anna grinste verlegen. »Wenn du wüsstest, was so alles im Internet über dich zu finden ist.«

Heike runzelte die Stirn. »Offensichtlich mehr, als mir lieb sein sollte.« Heike schob den Schlüssel in die Haustür und drückte sie auf. Im Türrahmen drehte sie sich um und sah Anna an. »Stehst du schon lange hier?«

Anna winkte mit einer Hand durch die Luft. »Nein, nein. Ich bin gerade erst angekommen.«

Heike studierte sie neugierig, sagte aber nichts.

»Ja ... ähm ... und jetzt bin ich da.« Anna kaute auf ihrer Unterlippe herum.

»Willst du reinkommen?« Heike nickte durch die Tür ins Haus. »Ist ziemlich kalt heute.«

»Kann ich?«, fragte Anna zögerlich.

»Wieso nicht?« Heike hielt die Tür auf, und nachdem Anna an ihr vorbei hereingegangen war, überholte sie sie. »Ich wohne im zweiten Stock.«

Anna folgte Heike. Als sie die Treppe hinter Heike hoch lief, wurde ihre Aufmerksamkeit auf Heikes Hintern gezogen. Anna grinste in sich hinein. Das erste Mal, als sie Heike auf dem Möbelhausparkplatz gesehen hatte, da hatte sie auch kaum woanders hinschauen können als auf Heikes super Figur.

»Du kannst ja schon mal ins Wohnzimmer gehen. Einfach den Gang durch und rechts.« Heike deutete, nachdem sie die Wohnungstür hinter Anna zugedrückt hatte, in besagte Richtung. »Ich muss erst einmal kurz ins Bad.«

»Okay.« Anna zwang sich dazu, möglichst ruhig und gelassen zu klingen. Genau so, wie auch Heike sich anhörte. In Heikes Stimme schwang nichts mit, was ihre Gefühle über das letzte Zusammentreffen verraten hätte.

Anna sah sich in Heikes Wohnzimmer um. Auf den Regalen waren verschiedene Medaillen und Pokale aufgereiht. Dazwischen hingen an den Wänden Fotos von Heike auf Siegerpodesten oder eingerahmte Zeitungsausschnitte. Auf einem der Bilder hielt Heike eine andere Frau mit einem Arm um die Schulter umschlungen. Beide strahlten in ihren Laufoutfits um die Wette. Anna lehnte sich näher heran. Sie hob einen Finger und streckte ihn in Richtung der Abbildung der viel jüngeren Heike aus.

»Das war vor fast fünf Jahren.« Heike griff nach dem eingerahmten Bild und nahm es an sich. Sie schaute es liebevoll an. »Bei den deutschen Juniorenmeisterschaften.«

Anna wendete sich ab. Ihr Herz war fast stehen geblieben, als Heike an sie herangetreten war. Heikes heißer Atem war über ihre Wange gestrichen, als sie nach dem Bild gegriffen hatte. Die Gänsehaut auf Annas Rücken und Genick legte sich nur ganz langsam.. »Du … ihr seht sehr glücklich darauf aus.«

»Das war ein ganz besonderer Tag für uns. Auch wenn Inka auf den letzten Metern vor dem Ziel noch an mir vorbeigezogen ist.« Heike lachte und stellte das Bild zurück auf das Regal. »Damit prahlt sie noch heute.«

»Sie ist hübsch.« Anna setzte sich auf den vordersten Rand der Couch und presste ihre Beine zusammen. Die Hände legte sie auf ihren Oberschenkeln ab.

»Ja, das ist sie.« Heike warf einen letzten Blick zum Foto, ehe sie sich auf den einzigen Sessel im Raum setzte. Anders als Anna lehnte sie sich zurück, die Hände auf den Armlehnen.

»Du hast mir noch gar nicht von ihr erzählt.« In Anna keimte eine ungute Vermutung auf. »Wie lange seid ihr schon zusammen?«

»Zusammen?« Das Lachen, das aus Heike hervorplatzte, setzte sich bis in ihre Augen fort. »Inka und ich?«

»Ich dachte …« Anna sah zu dem Foto. »Ihr seht so innig aus. Als ob es nichts und niemanden gibt, der zwischen euch kommen könnte. Als ob ihr …« Anna zuckte mit den Schultern.

»Das sind wir auch.« Heikes lächelte. »Wir sind beste Freundinnen. Aber Inka ist so stockhetero, wie man es sich nur vorstellen kann.«

Anna atmete tief aus. Der Druck, der sich, seit sie das Bild entdeckt hatte, tief in ihr aufgebaut hatte, entwich ihrem Körper. »Ach so.«

Heike beugte sich vor. »Habe ich dir nicht schon erzählt, dass ich solo bin? Meine letzte Beziehung ist schon vor vier Jahren in die Brüche gegangen und seitdem habe ich keine neue Freundin gehabt.«

»Doch.« Anna rutschte auf der Kante des Sofas zurecht. »Schon. Aber …« Sie räusperte sich. »Ist ja auch egal.« Anna spähte zu Heike. »Deshalb bin ich nicht hier.«

Über Heikes Gesicht huschte ein Schatten. Aber die Regung war so schnell wieder verschwunden, wie sie aufgetaucht war.

»*Wieso* bist du da?«, fragte Heike und lehnte sich zurück. Ihre rechte Hand begann am Stoff der Armlehne zu zupfen.

»Wegen neulich. Und wegen Caro.« Anna zwang sich zu einem Lächeln. »Ich wollte mich für sie entschuldigen.«

»Das musst du nicht.« Heike sah zu der Armlehne herunter. »Habt ihr euch wieder vertragen?«, fragte sie wie beiläufig.

Aber Anna hörte das leichte Zittern in Heikes Stimme trotzdem. »Nicht so richtig.« Anna fuhr sich mit beiden Händen über die Hose, um die Falten glatt zu streichen. »Ich bin dir wohl eine Erklärung schuldig.«

»Du bist mir gar nichts schuldig, Anna.«

Heikes Blick traf Annas und hielt ihn fest.

Anna schluckte schwer. In ihren Magen legten sich Betonblöcke. »Doch. Ich möchte, dass du verstehst, was Caro und mich verbindet. Oder besser nicht verbindet.«

Heikes Augen zuckten. Sie gab keinen Ton von sich.

»Wir waren sechs Jahre zusammen. Am Anfang war alles super.« Anna lächelte bei der Erinnerung an die ersten Jahre mit Caro. »Wir haben uns toll verstanden. Das einzige Problem war schon immer, dass sie ständig ihren eigenen Willen durchsetzen musste. Am Anfang hat mich das gar nicht gestört. Irgendwann wurde es auch mir zu viel. Am schlimmsten war für mich aber, dass sie mir verboten hat, Weihnachten zu feiern.«

»Sie hat es dir verboten?« Heikes Stimme überschlug sich. »Das ist nicht dein Ernst.«

»Doch.« Anna verzog das Gesicht zu einer Grimasse. »Leider schon.«

»Aber ...« Heike rutschte auf dem Sitzmöbel vor. »Wie kann man jemandem denn verbieten, Weihnachten zu feiern?«

»Na ja, es war kein wortwörtliches Verbot.« Anna sah zu den Sportmagazinen, die auf Heikes Wohnzimmertisch lagen. »Sie hat in den Jahren immer mehr rumgenörgelt und gemotzt. Weihnachten ist für mich und meine Familie ein sehr wichtiges Fest. Seit ich mich erinnern kann, haben wir es ganz groß gefeiert. Meistens sogar bei meinen Eltern daheim. Es gab riesige Festessen und Geschenke und alle waren glücklich und ... Es war einfach sehr schön. Für Caro aber war Weihnachten schon immer die Hölle.«

»Sie muss es ja nicht feiern, wenn es ihr nicht passt. Aber es dir zu verbieten?« Heike schien Annas Worten nicht ganz folgen zu können.

»Ich war einfach dumm. Wir haben uns jedes Jahr vor Weihnachten schrecklich gefetzt. Es kam zu riesigen Streits. Bis ich irgendwann so die Schnauze voll davon hatte, dass ich Caros Willen nachgegeben habe. Ich habe Weihnachten nicht mehr gefeiert.«

»Oh«, war alles, was Heike dazu sagte.

»Ich weiß.« Anna rollte mit den Augen. »Jetzt, heute, verstehe ich auch nicht mehr, warum ich das gemacht habe. Aber sie war mir sehr wichtig und ich habe ihre Wünsche akzeptiert. Sie war meine erste, richtig feste Freundin und ich dachte, dass wir zusammen alt werden würden. Ich habe ihre Wut und ihren regelrechten Hass auf das Fest nie verstanden. Aber ich wollte auch nicht, dass wir deshalb solche Probleme haben. Deshalb habe ich in den letzten Jahren kein Weihnachtsfest gehabt. Meine Familie habe ich vollkommen vernachlässigt und hinter Caro angestellt.«

»Deswegen das große Fest dieses Jahr.« Heike nickte.

»Es tut mir furchtbar leid, wie sehr ich meine Familie verletzt habe.« Anna musste durchatmen, als ihr die Tränen in die Augen stiegen. »Ich war so dumm. Noch heute sehe ich den verletzten Ausdruck meiner Mutter in den Augen, als ich ihr das erste Mal gesagt habe, dass wir nicht zur Feier kommen.«

Heike erhob sich und kam zu Anna herüber. Sie setzte sich neben sie und zog sie ohne jegliches Zögern in die Arme. »Es ist alles gut«, raunte sie, während ihre Hand über Annas Kopf streichelte.

Anna erstarrte für eine Sekunde, als sie gegen Heike gezogen wurde. Aber als sie die Wärme spürte, die von Heikes Körper abgestrahlt wurde, entspannte sich ihr Körper. Anna schob ihre eigenen Arme um Heikes Mitte und drückte sich an sie. Sie atmete tief aus und verbarg ihr Gesicht an Heikes Schulter. Der frische Sommerduft, den sie schon so oft bei Heike gerochen hatte, ließ ihr Herz schneller schlagen. Heikes Brüste pressten sich gegen Annas, als sie die Arme noch fester um Heike schloss.

»Danke.« Erst nach einigen Minuten fand Anna die Kraft, sich von Heike zu lösen. Sie schaute auf und traf Heikes Blick. Annas Atem setzte aus. So offen, so voller Wärme und Zuneigung hatte sie Heikes Augen noch nie gesehen. »Ich …« Anna war kurz davor, eine Hand zu heben, um Heikes Wange zu berühren. Um mit den Fingerspitzen der feinen Linie ihres Kiefers zu folgen. Bis zu den Lippen, die halb geöffnet waren und ganz leicht bebten.

»Dieses Jahr wird es ein ganz besonderes Weihnachtsfest«, sagte Heike mit warmer Stimme.

Anna beobachtete Heikes Lippen. Wie sie jedes Wort bildeten. Sich öffneten und schlossen. Dabei so weich aussahen.

»Dafür sorgen wir.« Sanft strich Heike eine Strähne hinter Annas Ohr. »Das wird ein Fest, das weder du noch deine Familie jemals vergessen werden. Mit einem fantastischen Essen, Geschenkebergen und dem größten Baum, den ich jemals gesehen habe.«

Anna schloss die Augen, als Heikes Fingerspitzen ihr Ohr streiften. Viel zu schnell war die Berührung vorbei. »Das wäre schön«, raunte Anna.

»Das *wäre* nicht schön. Das wird schön.«

Anna öffnete die Augen und sah Heike an. »Du bist immer so selbstsicher und scheinst alles mit links zu machen.«

»Nicht alles.« Heike lachte.

Die rötliche Färbung ihrer Wangen verriet Anna, dass ihre Worte Heike schmeichelten.

Anna griff nach Heikes Händen und drückte sie. »Danke.«

»Noch ist das Fest nicht da. Wir haben noch eine Menge zu erledigen.« Heike drückte Annas Hand zurück. Dann aber zog sie ihre eigenen Hände frei und faltete sie. Sie rückte ein Stück von Anna ab. »Wichtig ist nur, dass du das alles mit Caro vergisst.«

Annas Schultern sackten nach unten. Mit einem Mal war all die Wärme, die ihren Körper überflutet hatte, verschwunden. »Das geht nicht so einfach«, stellte Anna fest.

»Wieso denn nicht?«

»Weil sie ... Wir wollen uns noch mal treffen.« Anna bemerkte sofort, dass Heike sich versteifte. »Zum Reden.«

Heike hob beide Augenbrauen. Ihr Gesicht wirkte plötzlich wie eine Maske. »Ihr wollt ...«

»Sie meinte, dass sie mir alles erklären könnte. Und dass sie Zeit zum Nachdenken gehabt hätte. Und dass sie sich verändert hätte.« Anna hielt inne. Sie schaute zu ihren eigenen Händen herunter. »Und das meinetwegen.«

»Das glaubst du doch wohl nicht, oder?« Heikes Stimme wurde schrill.

Anna sah Heike überrascht an.

»Ich meine, auf mich hat sie nicht den Eindruck gemacht, dass sie …«, begann Heike.

Anna unterbrach sie. »Du kennst sie nicht so wie ich.«

»Komisch, das hat sie auch zu mir gesagt.« Heike stand mit Schwung auf und verschwand in der Küche, die mit dem Wohnzimmer durch eine Tür verbunden war.

Anna sah Heike nach. »Wann hat sie das gesagt?«, rief sie.

In der Küche wurden Schranktüren geöffnet und fielen dann wieder laut zu. Einen Moment später kam Heike mit zwei Gläsern und einer Apfelsaftflasche zurück. »In der Stadt. Aber das ist auch egal.« Heike stellte die Gläser auf den Wohnzimmertisch und die Flasche daneben. Dann richtete sie sich auf und sah auf Anna herunter. »Ich weiß, ich kann und darf dazu nichts sagen. Es ist ja auch deine Entscheidung. Aber glaubst du wirklich, dass so ein Treffen mit Caro gut wäre? Hast du nicht mit den Vorbereitungen für das Fest genug zu tun? Ich dachte, das hätte Priorität für dich.«

Anna studierte Heikes Gesicht. Die braunen Augen sprangen unruhig umher und Heikes Kiefer mahlten so sehr, dass Anna fast schon das Knacken der Gelenke hören konnte. »Ich glaube, sie will eine zweite Chance.«

Heike zuckte bei den Worten zusammen. »Und du willst sie ihr geben?«

Anna fasste nach einem der Gläser und studierte die Schrift darauf.

»Also, ja. Du willst.« Heike schnaufte hörbar durch.

Anna lugte nach oben und sah, wie Heike die Schultern straffte.

»Wann ist denn dieses Treffen?«, fragte Heike.

»Wir haben noch keinen Termin ausgemacht.« Anna fuhr mit dem Finger über den Rand des Glases. Dann stellte sie es zurück auf den Tisch. »Aber ich weiß auch nicht, was ich davon halten soll. Als sie bei mir war, da hatte ich den Eindruck, dass sich tatsächlich etwas an ihr verändert haben könnte. Sie war sonst nie so darum bemüht, mir entgegenzukommen. Aber dieses Mal … Sie hat es sogar mir überlassen, wo und wann wir uns treffen. Aber … ich weiß auch nicht, ob ich ihr trauen kann. Und auch nicht, was ich will.«

Heike ließ sich zurück auf den Sessel fallen. Sie legte ein Bein schräg über das Knie des anderen und trommelte mit den Händen dazwischen auf den unteren Teil des Einsitzers. Ihr Bein wippte im selben Takt hoch und runter. »Tja, dabei kann ich dir leider nicht helfen. Das musst du schon selber wissen.«

Anna zuckte bei dem scharfen Ton in Heikes Stimme zusammen. Er versetzte ihr einen Stich. »Ich wollte dabei auch gar keine Hilfe.«

Heikes Trommeln setzte aus.

Anna spürte Heikes Blick auf sich. Sie kämpfte dagegen an, zu Heike zu schauen. Aber der Drang war einfach zu groß.

Ihre Blicke trafen und hielten sich.

Schmetterlinge begannen einen ganz eigenen Tanz in Annas Mitte. Sie fuhr sich mit der Zunge über trockene Lippen.

Heikes Augen folgten der Bewegung. »Was willst du, Anna?«, fragte Heike mit rauer Stimme.

Annas Mund fiel auf. Da gab es so vieles, was sie wollte. Was sie sich so sehr wünschte. Von Heike wieder so gehalten zu werden wie gerade eben. Weiter in Heikes Augen schauen zu können und dabei einfach alles zu vergessen. Außer Heike. Mit Heike Plätzchen backen, Deko aufhängen und ... »Ich möchte mit dir auf den Weihnachtsmarkt gehen.«

Heike blinzelte. »Was?«

Anna konnte sich das Lachen nicht verkneifen. »Das hatten wir doch vor, oder?«

»Ja, schon. Aber jetzt gerade ...« Heike sah sich um. »Also, jetzt gerade ...« Ihre Aufmerksamkeit richtete sich auf das Fenster.

Anna sah ebenfalls hinaus. »Bis wir dort sind, ist es bestimmt schon dunkel.«

»Dann leuchten die Lichter besonders schön.« Heike sah zu Anna.

Wieder hielten sich ihre Blicke.

»Ich würde mich sehr freuen, wenn wir das machen könnten.« Anna lächelte zaghaft. »Hast du Zeit?«

»Dieses Mal ohne Caro?«, fragte Heike. Ein Lächeln spukte um ihre Lippen.

»Ohne Caro.« Mit einem Mal sah Heike viel entspannter aus. Und auch ihr selbst war ein Gewicht von den Schultern gefallen. »Nur du und ich. Und der Lebkuchenstand.«

Heike grinste. »Du müsstest kurz warten, bis ich geduscht und mich angezogen habe.«

»Für mich brauchst du dich nicht umziehen«, wiederholte Anna Heikes Worte von ihrem letzten Versuch, gemeinsam zum Markt zu gehen.

»Für dich vielleicht nicht.« Heike stand auf und sah an sich herunter. »Aber für die anderen Leute, die neben mir stehen und mich riechen müssen, schon.«

»Meinst du, dass meine Nase so viel schlechter ist?«, fragte Anna.

Heike ging in Richtung Wohnzimmertür. »Keine Ahnung. Aber ausprobieren will ich es nicht. Nicht, dass du dir von mir zu Weihnachten eine Gasmaske wünschst.« Mit einem Grinsen auf den Lippen verschwand sie im Flur.

»Ich kann dich sehr gut riechen«, murmelte Anna. »Besser, als du es weißt.«

»Und dann …« Anna hob den Becher dampfenden Glühweins über ihren Kopf in die Höhe. Ihr Arm wackelte dabei gefährlich. »Hat er gesaaaagt …« Sie blinzelte, stieß kurz auf und fuhr lallend fort. »… dass er auch gaaar kein … Problem damit hätte … wennnn wir beide mit ihm mitgehen wüüürden. Er wüüüürde auch mit zweiii Frauen zurechtkommen. Stelllll... stell dir das mal vor! So einnnn Per... Perverschling ...«

Heike presste die Lippen fest zusammen, um nicht laut lachend herauszuprusten. Sie betrachtete Anna eingehend.

Die stand, leicht hin und her schwankend, vor ihr. Sie erzählte mit ausschweifenden Armbewegungen von einem Anmachversuch eines Mannes in einer Disko. Annas Augen hatten jetzt, zweieinhalb Stunden nachdem sie auf dem Weihnachtsmarkt in der Innenstadt angekommen waren und unzählige Becher Glühwein später, einen ziemlich glasigen Ausdruck angenommen.

»Ich glaube, du hast jetzt aber wirklich genug.« Heike fischte in der Luft nach Annas Becher. Sanft nahm sie ihn ihr aus den Fingern.

»Nein ... nur noch einen kleinen Schluuuuck«, protestierte Anna. Sie wollte nach dem Becher greifen. Aber Heike stellte ihn auf einen Tisch hinter sich und fing Annas Arm auf.

»Du hast an jedem Stand einen Becher gehabt. An manchen sogar zwei. Meinst du nicht, dass das genug ist?« Mit jedem getrunkenen Glühwein war Annas Zustand schlimmer geworden. Heike hatte versucht Anna davon abzuhalten, so viel zu trinken, aber die hatte sich einfach nicht davon abbringen lassen.

»Nur, weil duuuu keinennnn Alkohol trinkst ...« Anna schob die Unterlippe vor und zog ihren Arm mit einem Ruck aus Heikes Griff. Dann verschränkte sie die Arme vor der Brust. »Sportler siiiind ... laaaangweilig.«

Heike kicherte. Da sie Annas Arm so nicht wieder zu fassen bekam, legte sie stattdessen ihren Arm um Annas Schulter. Sie begann, sie von dem Glühweinstand wegzulenken. Langsam, Schritt für Schritt, bahnten sie sich ihren Weg durch die Menschenmassen auf dem Markt.

»Ich bin also langweilig?«, fragte Heike.

»Jawohl, laaaangweiliiiig.« Anna nickte heftig. Dann plötzlich öffnete sie die Arme und schlang einen um Heikes Mitte. Den anderen legte sie auf Heikes Bauch. Mit einem Seufzen schmiegte sie sich an Heikes Körper. »Aber das hier ist schööööön.«

Mittlerweile hatten sie den Rand des Weihnachtsmarkts erreicht. Eigentlich gab es keinen Grund mehr, Anna noch so an sich zu ziehen.

Heike lugte zu Annas Kopf herunter. Mit jedem Schritt, den sie machten, wurde Anna fester gegen sie gedrückt. Ihre Körper schienen langsam aber sicher miteinander zu verschmelzen. Heike drückte Annas Schulter einmal kurz und löste ihren Griff ein wenig.

Aber Anna schien kein Interesse daran zu haben, sich von ihr weg zu lehnen. Stattdessen klammerte sie sich mit der Hand auf Heikes Bauch in die Winterjacke.

»Du bist schöööön«, kamen die langgezogenen Worte von irgendwo knapp oberhalb von Heikes Brust. Anna bewegte den Kopf, bis sie von unten herauf in Heikes Gesicht schauen konnte. »Du bist wuuuunderschööööön. Viel schöööööner als alle anderen Frauuuuen auf dieser Welt.«

Heike wagte es nicht, fortzuschauen. Annas Worte waren direkt von ihren Ohren in ihr Herz vorgedrungen.

Scheinbar ganz ohne Zwischenstopp. Vergessen war Annas alkoholisierter Zustand.

»Du glauuubst mir nisch, odeeer?«, fragte Anna.

»Oh, ich glaube dir schon«, lachte Heike. »Aber wir reden noch mal darüber, wenn du wieder nüchtern bist.«

Kaum, dass Heike ausgesprochen hatte, bewegte Anna sich. Sie stieß sich unsanft von Heike fort und blieb dann schwankend mitten auf dem Gehweg stehen. »Du sollst miiiir aber glauben.«

Heike schüttelte den Kopf. Sie drehte sich zu Anna um. »Na, komm, ich bringe dich heim. Dann kannst du deinen Rausch ausschlafen. Morgen kannst du dich höchstwahrscheinlich sowieso an nichts mehr erinnern.« Sie streckte eine Hand aus und hielt sie Anna hin.

Die aber schlug in der Luft danach. »Isch … bin niiiicht betruuunken.« Anna hob den Zeigefinger an und deutete auf Heike. »Und duuuu mussst mir glauben.«

Heike ließ die Hand sinken.

Anna blinzelte sie an. Sie lächelte schief, ehe sie sich so gerade wie möglich hinstellte, eine Hand auf ihre linke Brust legte und die andere mit ausgestreckten Fingern anhob. »Isch schwööööre, hier und jeeeetzt … dass duuuu die schöööönste, heißessste … schärfeseste Frauuu bist, die ich … jemals geseheeeen habe.«

Heike ließ den Kopf auf die Brust fallen. Sie wusste nicht, ob sie lachen oder weinen sollte. »Wer bist du und was hast du mit meiner Anna gemacht?«, fragte sie.

Anna kam auf sie zugewankt. Sie stoppte erst, als sie Schuhspitze an Schuhspitze standen.

Heike hielt den Kopf trotzdem gesenkt.

Eine Woge von Annas Parfum umgab sie. Gemischt mit dem Geruch von Glühwein und Alkohol.

»Ich will ...« Anna ging ein Stück in die Knie und versuchte dadurch, in Heikes Gesicht zu sehen. »Ich willlll … dich kü...«

Heike reagierte sofort. Blitzschnell schnappte sie Annas Hand und zerrte sie hinter sich her.

»Komm jetzt«, sagte Heike durch zusammengepresste Zähne. So schnell sie auf ihrem schmerzenden Fuß laufen konnte, eilte sie mit Anna hinter sich durch die Fußgängerzone.

Vorbei an hell erleuchteten Schaufenstern und Straßen, die mit Lichtergirlanden geschmückt waren. Vorbei an Geschäften, aus denen die sanften Klänge von Weihnachtsliedern auf den Straßen zu hören waren. Vorbei an Kindern, die mit riesigen Augen auf ihre Wünsche in den Schaufenstern deuteten.

Anna gluckste vor Schreck auf, als Heike sie die Straße entlang hinter sich her zerrte. Ihre Proteste prallten an Heikes Rücken ab.

Irgendwie gelang es Heike, Anna in ihren Pick-up zu bugsieren. »Schnall dich an«, sagte sie mit eisiger Stimme.

Aber Anna musterte sie nur mit großen, runden Augen. Ein Lächeln umspielte ihre Lippen.

»Anna … bitte … schnall dich an!« Die Frustration nagte an Heike.

Trotz Heikes Aufforderung bewegte Anna sich nicht. Sie zwinkerte, als ob sie versuchte, sich auf Heikes Gesicht zu fokussieren.

Heike seufzte und lehnte sich in den Wagen hinein, um den Gurt um Anna zu legen. Kaum, dass sie ihn eingesteckt hatte und begann, sich zurückzubewegen, landete eine warme Hand auf ihrer Wange.

Heike drehte ihr Gesicht zu Anna und erstarrte.

Annas Finger waren so zärtlich, so warm und liebevoll. Jetzt, da Annas Daumen über ihre Wange streichelte und Annas Augen über ihr Gesicht tanzten.

»Ich …« Heikes Herz überschlug sich. Sie sah zu Annas Lippen.

Anna lehnte den Kopf langsam ein Stück nach vorn und öffnete den Mund. »Küüüüüsssennn«, raunte sie.

Heikes Herz blieb stehen. Annas heißer Atem vermischte sich mit ihrem eigenen, als sie tief ausatmete. »Anna, nicht …«, bat Heike mit bebender Stimme.

»Ich will dich aber …«, erwiderte Anna trotzig. »Du wolltest voooorhin doch wissen, was isch will … und isch will disch küschen« Ihr Daumen landete auf Heikes Lippen und folgte deren geschwungener Linien. Ihr glasiger Blick senkte sich von Heikes Augen zu ihrem Mund.

Ein Beben lief durch Heikes Körper. Sie befeuchtete ihre Lippen mit der Zungenspitze. Nur wenige Zentimeter trennten sie noch von Annas Mund. Heike war kurz davor, den winzigen Abstand zwischen sich und Anna zu überbrücken. Doch dann schaute sie zu Annas Augen.

Die waren halb geschlossen. Trotzdem konnte Heike sehen, wie unterlaufen sie waren. Wie der Ausdruck in ihnen verriet, dass Anna nicht den blassesten Schimmer hatte, wo sie war und was sie gerade machte.

»Nein … nicht so, Anna.« Mit letzter Willenskraft lehnte Heike sich aus dem Wagen und schloss die Tür. Dann legte sie beide Hände über der Beifahrertür auf das Dach. Sie schloss die Augen und zählte von zehn rückwärts.

Heikes Beine fühlten sich wie Gelee an. Ihre Muskeln bebten. Die Hitze strömte in Wellen durch ihren Körper, versickerte dann in ihrer Mitte.

Heike stöhnte auf und ballte die Hände zu Fäusten. Dann öffnete sie die Augen und spähte durch das Beifahrerfenster in ihr Auto.

Grüne Augen schauten sie an. Doch dann verschränkte Anna die Arme vor der Brust und drehte den Kopf von ihr fort.

Heikes Herz sackte ein Stück nach unten. Annas Mimik war kalt gewesen. Und ganz tief versteckt hinter dem Rausch, hatte sie ein kurzes Aufflackern von verletzten Gefühlen gesehen.

Heike hob eine Hand und legte sie flach auf das Beifahrerfenster. »Bitte sei mir nicht böse, Anna«, flüsterte sie. »Ich will dich doch nicht so ausnutzen.«

Aus dem Pick-up kam keine Antwort.

Heike schüttelte den Kopf. Sie lief um das Fahrzeug herum und stieg ein. Heike wagte es nicht, zu Anna hinüber zu schauen. Mit zitternden Händen fummelte sie den Schlüssel ins Schloss, schaltete den Motor ein und fuhr los. Es dauerte keine fünf Minuten, ehe ein leises Schnarchen vom Beifahrersitz her zu hören war.

Heike lachte leise auf. Sie lugte zu Anna hinüber. Deren Kopf war auf die Brust herunter gesunken. Ihre Augen bewegten sich unter den Augenlidern hin und her, als ob sie schon jetzt in irgendeinem tiefen Traum versunken war.

»Oh, Anna …« Heike zog den Blick von ihr fort und konzentrierte sich auf die Straßen.

Kapitel 5

Der dröhnende Schmerz hinter Annas Schläfen war das Schlimmste – zu Beginn.

Sie stöhnte und rollte sich auf den Rücken. Selbst ohne die Augen zu öffnen, begann sich alles um sie herum zu drehen. Am heftigsten ihr Magen. In Zeitlupe hob sie eine Hand. Kraftlos ließ Anna sie auf ihren Bauch fallen. »Oh … ist mir …«

Anna riss die Augen auf und schoss nach oben in eine sitzende Position. »Oh Gott!« Ihr Kopf fühlte sich wie in Watte gehüllt an. Kein klarer Gedanke schien sich durch den endlosen Nebel durchkämpfen zu können. Wo war sie?

Anna kniff die Augen zusammen.

Ihr eigenes Bett – das war schon mal gut.

Blind tastete sie neben sich.

Das Bett war leer – noch ein Pluspunkt.

Anna zog die Hand zurück und hob die mit ihren Beinen verknotete Decke an. Sie spähte darunter. Dank der Sonnenstrahlen, die durch die Rollos in das Zimmer drangen, konnte sie sogar etwas sehen.

Nackt!

SplitterfaserNACKT!

Annas Mund fiel auf.

Das Pochen in ihrem Kopf wurde immer schlimmer. Ihr Körper fühlte sich so an, als ob sie von einem ICE überfahren worden war. Alles schmerzte. Und doch war da noch dieses andere Gefühl. Als ob …

Anna ließ sich rückwärts fallen und starrte an die Decke über sich. Sie leckte über ihre trockenen Lippen und zwang ihr Gehirn dazu, sich zu erinnern. Irgendetwas musste doch da sein. Bilder, Gerüche, Gefühle. Aber ihre Erinnerung wurde durch ein großes, schwarzes Loch ersetzt. Nichts, außer einer dunklen, bedrohlichen Leere.

»Oh mein Gott. Was habe ich getan?«

Vorsichtig, um sich ja nicht zu viel zu bewegen, drehte sie den Kopf und spähte auf den Nachttisch. 10:36 Uhr stand da in roten Ziffern auf dem Wecker.

Erst jetzt fielen ihr das Glas, die Wasserflasche und die Tabletten daneben auf. Außerdem der Zettel mit der geschwungenen Handschrift.

Anna griff danach und las ihn.

Nimm die Tabletten. Die habe ich in deinem Badezimmerschränkchen gefunden. Und trink viel – Wasser. ;) Heike.

Anna stöhnte auf. Sie warf den Zettel zurück auf den Nachttisch.

Heike. Also war sie hier gewesen.

Nachdem sie sich wieder aufgesetzt, die Tabletten eingenommen und ein ganzes Glas Wasser auf einen Zug getrunken hatte, schaute Anna noch einmal über das Bett.

Das Laken war vollkommen durcheinander. Das Kissen, das normalerweise ordentlich neben ihrem lag, war seitlich verrutscht. So, als ob es sich jemand unter den Kopf geschoben hatte. Und die zweite Decke war nur ein Knäuel am Ende des Betts.

Anna seufzte und stellte das Glas auf den Nachttisch. Dann schwang sie die Beine aus dem Bett. Nachdem sie kurz gewartet hatte, weil der Raum sich schon wieder zu drehen begann, erhob sie sich vorsichtig und stapfte hinüber zur Tür. Von dort nahm sie den Bademantel, schlüpfte hinein und verließ sie das Schlafzimmer.

»Hallo, Heike?«, rief sie durch die Wohnung.

Aber es kam keine Antwort zurück.

Aus der Küche konnte Anna das Rauschen und Gurgeln der Kaffeemaschine hören. Langsam ging sie darauf zu und lugte in den Raum. Auch der war leer.

Der Duft des frischen Kaffees umgab sie wie eine Wolke. Anna lächelte und im Vorbeigehen schnappte sie sich eine Tasse von der Abtropffläche neben dem Spülbecken. Nachdem die Maschine ihre Arbeit beendet hatte, goss Anna sich eine Tasse Kaffee ein. Sie lehnte sich gegen die Arbeitsfläche.

Heike war hier gewesen. Die Kaffeemaschine schaltete sich schließlich nicht von allein an. Und Heike hatte ja auch die Tabletten und das Wasser an ihr Bett gestellt. Aber wo hatte Heike geschlafen? Doch bei ihr? *Mit* ihr?

Anna starrte in die dunkle Flüssigkeit in der Tasse. Sie musste sich erinnern! Das konnte doch nicht so schwer sein!

Sie wurde aus den Gedanken gerissen, als sich die Wohnungstür öffnete. Jemand betrat die Wohnung und schloss die Tür wieder hinter sich. Schritte näherten sich der Küche.

Anna schaute genau in dem Moment von ihrer Tasse auf, in dem Heike *Oh Tannenbaum* summend in den Türrahmen trat.

Heike verstummte sofort. Mit aufgerissenen Augen rutschte ein »Oh!« aus ihr hervor.

Anna grinste schief. Die Hitze stieg ihr in die Wangen. »Hi«, sagte sie leise.

Heikes Augen flogen über Annas Körper.

Schnell legte Anna einen Arm quer über ihren Körper. Sie senkte die Tasse vor sich ab, bis ihre gesamte Front bedeckt war.

Heikes Mundwinkel zuckten. Sie wendete sich ab und ging zu dem Beistelltisch hinüber. »Du brauchst dich nicht vor mir zu verstecken.«

»Ich …« Die Haare in Annas Genick stellten sich auf.

»Du hast nämlich nichts, was ich nicht schon mal gesehen habe.« Heike schielte über die Schulter.

Anna riss die Augen auf.

»Ich habe schon immer mit einer Menge anderer Frauen trainiert und da ließ es sich auch nicht vermeiden, dass ich mal deren Brüste und so gesehen habe. Du brauchst also keine Angst haben – ich schaue dir nichts ab. Außerdem habe ich auch so Teile. Aber das hast du ja bestimmt schon bemerkt, denke ich.« Heike zwinkerte und wendete sich der Bäckereitüte zu, die sie auf dem Beistelltisch abgelegt hatte.

»Ich …« Erneut brachte Anna nicht mehr heraus. Das Stechen in ihrem Kopf half auch nicht gerade dabei, einen Satz auszuformulieren. Sie nahm noch einen Schluck von dem Kaffee.

»Ah … du hast dir schon eingeschenkt.« Heike öffnete einen Schrank und holte zwei Teller heraus. »Ich hatte gehofft, dass du noch in den Federn liegen würdest, wenn ich vom Bäcker zurückkomme. Ich wollte dir das Frühstück ans Bett bringen. Aber wir können ja wieder zurückgehen.« Heike spähte erneut über die Schulter und wackelte mit den Augenbrauen. Es war nicht zu übersehen, dass sie gut gelaunt war.

Anna bekam nicht mehr als ein Brummen zustande. Sie presste die Zähne zusammen, während sie ihre Augen über Heikes Rückseite gleiten ließ.

Heike hatte mittlerweile die Brötchen in einen kleinen Korb gelegt. Summend stellte sie das Körbchen zusammen mit den Tellern, Besteck und anderen Frühstücksutensilien auf einem Tablett zusammen.

»Also?« fragte Heike. »Bett? Couch? Esstisch?«

Anna zog die Augen von Heikes Hintern weg. »Couch.« Sie rieb sich mit der freien Hand über das Gesicht. »Ich gehe mir nur schnell etwas anziehen.«

»Nein, lass doch!« Ehe Anna reagieren konnte, hatte Heike schon nach ihrer Hand gefischt und zog sie hinter sich her in Richtung Wohnzimmer. »Die Brötchen sind noch warm. Wäre doch schade, wenn sie kalt werden würden, bis du dich angezogen hast.«

Anna konnte nicht dagegen ankämpfen. Sie ließ sich hinter Heike zum Sofa ziehen. Dort setzte sie sich ans äußerste Ende und überschlug die Beine von Heike weg.

Heike verteilte die Frühstücksutensilien auf dem Tisch, nahm sich ein Brötchen, beschmierte es mit Marmelade und setzte sich dann fast in die Mitte der Couch neben Anna hin.

Anna wagte es nicht, sich zu bewegen. Ihre Finger umklammerten die heiße Tasse in ihren Händen. Obwohl da noch ein ganzes Stück zwischen ihnen frei war, stellten sich die Haare auf Annas Arm auf.

Anna studierte Heikes Profil. Und wie so oft fiel ihr dabei auf, wie sanft Heikes Mund geschwungen war.

»Hast du keinen Hunger?« Heike drehte ihr Gesicht und schaute Anna direkt an.

Anna sah schnell weg. »Ich weiß nicht. Mein Bauch rumort etwas.«

Heike lachte auf. »Vielleicht tut es deinem Kater ganz gut, wenn du etwas in deinen Magen bekommst. Nach diesem Abend voll glühenden … Weins.«

Anna schluckte und starrte in ihre leere Tasse. Bilder des Abends kristallisierten sich ganz langsam aus dem Nebel heraus. Vor allem von sich selbst, wie sie an einem Glühweinstand nach dem anderen ihre Bestellungen abgegeben hatte. Und von Heike, die jeden angebotenen Becher abgelehnt hatte. Nach einer Weile hob Anna die Augenbrauen.

»Weil du Sportlerin bist und deshalb keinen Alkohol trinkst, wolltest du den Glühwein nicht einmal probieren.«

Heike nickte. Sie fügte an: »Ja, deshalb trinke ich keinen Alkohol. Stimmt. Und weil ich mich gern daran erinnere, was ich in der Nacht zuvor gemacht habe.«

Anna schaute auf und zu Heike herüber. Sie presste die Lippen fest zusammen, während Heikes Augen sie belustigt anfunkelten.

»Ich kann mich noch sehr gut erinnern! Und zwar an alles.«

»Ach?« Heike senkte das Brötchen, in das sie gerade hatte hineinbeißen wollen.

»Ja. Was glaubst du denn?« Anna stellte die Tasse auf den Tisch. Sie versuchte den durchdringenden Blick, mit dem Heike sie bedachte, zu ignorieren.

»Das kannst du nicht. Du hast keinen blassen Schimmer was gestern war.« Heike kicherte.

»Doch, kann ich.« Anna wechselte ihre überschlagenen Beine und stützte ihren Ellenbogen auf das Knie. Auf die Hand legte sie ihr Kinn. Sie schaute Heike so selbstsicher sie es konnte an. »Ich erinnere mich an jede einzelne Sekunde.«

»Bis zum Weihnachtsmarkt«, stellte Heike mit glitzernden Augen fest. Ihre Mundwinkel zuckten.

»Und alles, was danach kam«, fügte Anna an.

»Du weißt also noch, wie wir zu meinem Auto gegangen sind und wie du es in deinem Zustand geschafft hast, auf den Beifahrersitz zu klettern?« Heike schien ihr Brötchen vollkommen vergessen zu haben, obwohl sie es noch in der Hand hielt. Ihre Kiefermuskeln spannten sich an.

»Absolut. Und wie wir hierhergefahren sind, weiß ich auch noch.« Anna zwang sich zu einem Lächeln.

Heike blieb für einen Moment regungslos. Sie studierte Annas Gesicht. »Du weiß auch noch, wie ich dich angeschnallt habe?«, fragte sie dann zögerlich.

»Jawohl. Auch wenn ich es bestimmt allein geschafft hätte. Aber trotzdem danke.« Anna nickte.

Heike legte das Brötchen blindlings auf ihren Teller und leckte sich die Marmelade von den Fingern.

Annas Aufmerksamkeit wurde von der Bewegung wie magisch angezogen. Obwohl sie liebend gern weiter in Heikes Augen gesehen hätte, konnte sie nicht anders. Sie schaute zu Heikes Mund, der sich um die Finger schloss, dann wieder öffnete und die Finger frei gab. Annas Lippen begannen zu kribbeln.

»Dann weißt du auch noch, was passiert ist, als ich dir aus dem Auto geholfen habe, richtig?« Heike zwickte die Augen zusammen.

Anna lächelte. »Ja, auch dafür übrigens danke«, sagte sie so gleichmütig, wie sie es vorspielen konnte.

»Och, kein Problem. Ich habe vielmehr dir zu danken, dass du mich noch rechtzeitig gewarnt hast.« Plötzlich schien Heike ein Licht aufzugehen. Das Schmunzeln kehrte auf ihre Lippen zurück.

Anna biss sich auf die Zunge. »Bitte«, sagte sie langsam. In ihren Ohren konnte sie deutlich hören, dass es sich mehr wie eine Frage anhörte.

»Ich meine, die Schuhe habe ich erst vor ein paar Tagen gekauft und es wäre doch sehr schade gewesen, wenn du auf sie gereihert hättest.« Heike grinste Anna frech an.

Annas Mund fiel auf. »Nein!«, entfuhr es ihr.

»Aber es ist ja gut, dass du dich an das alles erinnerst. Dann brauche ich dir auch nicht erzählen, wie du noch mal vor deiner Wohnung gebrochen hast und dabei der gute Glühwein auf deiner Strickjacke und der Jeans gelandet ist. Und in deinen Haaren. Richtig?«

Anna zog die Luft durch die Zähne ein. Plötzlich wurde ihr ganz schummerig zumute.

»Und ich muss dir auch nicht sagen, dass ich deine Klamotten gleich in die Maschine geworfen habe. Nachdem ich … dich … also, du und ich … du weißt schon … in der Dusche …« Heike machte eine hastige Handbewegung zwischen sich und Anna. Dann drehte sie sich fort und griff nach ihrem Brötchen.

Anna traute ihren Ohren nicht. Sie zwinkerte und rückte auf dem Sofa zurecht.

Heike warf Anna einen Blick zu. Sie biss in das Brötchen, kaute genüsslich und lächelte.

»Ich habe gebrochen?« Annas Hals fühlte sich so trocken als, als ob sie seit Tagen nichts mehr getrunken hätte.

Heike schluckte herunter. Sie wartete einen Moment. Dann nickte sie. »Zweimal. Solche Fontänen!« Sie machte eine ausladende Armbewegung.

Anna schlug die Hände vor das Gesicht. »Oh mein Gott!« Durch ihre Finger spähte sie zu Heike. Die lächelte sanft, aber trotzdem konnte Anna sich nicht dazu bewegen, die Hände wieder zu senken.

Nach ein paar Sekunden konnte sie hören, wie Heike den Rest des Brötchens zurück auf den Teller legte. Dann rutschte sie näher an Anna heran. Vorsichtig griff sie nach Annas Händen und zog sie herunter. »Hey …«, sagte sie leise.

»Nein, nicht!«, jammerte Anna. »Das ist so peinlich!« Mit aller Kraft wollte sie ihre Hände frei ziehen und wieder vor das Gesicht heben.

Aber Heike ließ es nicht zu. »Du brauchst dich nicht zu schämen, Anna. Es ist nichts passiert.« Heike lächelte Anna aufmunternd an. »Es ist alles gut.«

Anna wich Heikes warmen Augen aus.

»Schau mich doch an, Anna.« Heike legte einen Finger unter Annas Kinn. Sie zog Annas Gesicht herum, bis sie nicht mehr anders konnte, als Heike anzusehen.

»Das ist so …« Annas Worte versanken in einem verzweifelten Stöhnen. »Oh Gott!«

»Anna, es ist wirklich alles gar nicht so schlimm.« Sanft strich Heike eine Strähne mit der anderen Hand hinter Annas Ohr. »Die Klamotten müssen vielleicht nochmal gewaschen werden. Ich habe kein Fleckensalz gefunden.«

Anna schloss den Mund. Sie ließ die Hände kraftlos in ihren Schoß fallen. Dort, wo Heikes Finger unter ihrem Kinn lagen, glühte die Haut.

»Wie hast du mich ins Bett bekommen?«, fragte Anna.

»Erst habe ich dich ausgezogen.« Heike zog die Hände zurück und lehnte sich ein Stück von Anna weg. Fast im selben Atemzug fügte sie an: »Ich hoffe, das stört dich nicht.

Aber du warst halt von oben bis unten ganz voll. Und ich musste dich unter die Dusche stellen. Das wollte ich nicht mit Kleidung machen. Deshalb habe ich dir deine Sachen ausgezogen und dich geduscht. Dann habe ich dich ins Bett gebracht. Aber ich habe auf dem Sofa geschlafen und es ist nichts …«

Während Anna Heikes leise gesprochenen Erklärungen zuhörte, erkannte sie plötzlich, dass nicht nur ihr die Sache unangenehm war. Heikes Hals hatte eine rötliche Färbung angenommen.

»Danke.« Anna fiel Heike ins Wort. Sie griff nach ihrer Hand, um sie zu drücken.

Heike schaute kurz auf und lächelte. Genauso schnell konzentrierte sie sich wieder auf das Marmeladenglas, das auf dem Tisch stand.

»Danke, dass du dich so gut um mich gekümmert hast.« Anna lächelte ebenfalls und drückte Heikes Hand erneut.

»Das hab ich gern gemacht. Ich konnte dich ja nicht einfach so auf dem Weihnachtsmarkt zurücklassen.« Heike schien sich wieder gefangen zu haben. Sie zwinkerte Anna amüsiert zu. »Obwohl es schon eine ganz schöne Arbeit war, dich unter die Dusche zu bringen. Und von da ins Bett.«

Anna verzog das Gesicht. »Tut mir leid, dass ich so betrunken war. Ich hatte gestern nichts gegessen und dann der Glühwein. Ich weiß auch nicht. Ich bin normalerweise keine großartige Trinkerin. Auf jeden Fall kann ich mich sonst gut daran erinnern, was ich gemacht habe.«

»Das kommt schon mal vor.« Heike zog die Hand frei. Sie rutschte zurück auf die andere Seite der Couch. Dort nahm sie ihr Brötchen und aß den Rest.

Anna beobachtete sie für einen kurzen Moment. Dann fragte sie: »Sag mir bitte, dass ich nicht noch mehr angestellt habe.«

Heikes Augen verengten sich für eine Millisekunde.

»Bitte, bitte sag, dass ich mich benommen habe!«

Heike schien zu überlegen.

»Bitte!« Anna hob die gefalteten Hände an.

Heike schüttelte den Kopf und grinste. »Nein, da war sonst nichts. Du warst zwar nicht besonders glücklich, dass ich dich ins Bett gebracht habe. Du hast versucht, nach mir zu treten. Aber das war wirklich nicht schlimm.«

»Treten?« Annas Stimme versagte.

»Nur ein kleiner Tritt. Dann hast du dich in dein Bett gewühlt und bist gleich eingeschlafen.« Heike lachte auf.

»Es tut mir leid!« Anna legte die Hände vor den Mund.

»Du warst halt ein bisschen frustriert.« Heike wischte sich die Hände an einer Serviette ab.

»Wieso? Worüber denn?«, fragte Anna.

Heike reagierte nicht. Sie schaute Anna einfach nur an, als ob sie versuchte, irgendetwas in deren Augen zu lesen.

Anna wartete. Sie sah, dass Heike sich etwas fragte, sich etwas überlegte. Aber sie konnte nicht erkennen, was es war.

»Keine Ahnung. Vielleicht der ganze Weihnachtsstress. Oder das mit Caro.« Heike zuckte mit den Schultern und legte die Serviette auf ihren Teller.

»Hm …« Anna hatte bemerkt, dass sich Heikes Stimme nicht ganz ehrlich anhörte. Als ob sie versuchte, irgendetwas vor ihr zu verstecken. Sie wartete. Aber Heike sagte nichts mehr.

»Ich glaube, ich hab jetzt doch Hunger«, meinte Anna.

»Dann iss. Ich habe die Brötchen extra für dich geholt.« Heike lächelte Anna ganz offen an.

Anna nahm all ihren Mut zusammen. Schnell lehnte sie sich an Heike heran und drückte ihre Lippen auf deren Wange.

Heike zuckte fast unmerklich zusammen. Wahrscheinlich hätte Anna es gar nicht mitbekommen, aber sie hatte im selben Moment ihre Hand auf Heikes Arm gelegt, in dem ihre Lippen Heikes zarte Haut berührten. Die Muskeln in Heikes Arm spannten sich an.

Anna hielt die Augen offen und atmete, die Lippen noch immer auf Heikes Wange gepresst, tief ein. Erst nach langen Sekunden lehnte sie sich langsam zurück. Ihre Lippen kribbelten, als ob sie sie an einen Weidezaun gehalten hätte. Und der ganz unvermeidliche Schlag bei der sanften Berührung war ihr bis in die Zehenspitzen gefahren.

Heike bewegte sich nicht. Nur mit einer schnellen Kopfdrehung, nicht länger als eine Sekunde, sah sie zu Anna. »Wofür war das denn?«, fragte sie mit vibrierender Stimme.

»Weil du so ein Engel bist«, sage Anna. Sie setzte sich wieder auf. Zögerlich ließ sie Heikes Arm los.

»Ich bin kein Engel«, protestierte Heike.

»Dann, ein Weihnachtskobold.« Anna zwinkerte Heike an.

Heike hob fragend eine Augenbraue. Ihre Finger tasteten nach den Brötchenkrümeln auf ihrem Teller, ehe sie sie von den Fingerspitzen leckte.

»Du weißt schon, diese kleinen Wunderkerle, die den Weihnachtsmann beim Besorgen und Einpacken der Geschenke unterstützen. Du bist meine Weihnachtskoboldine.« Anna grinste und griff nach einem Brötchen und einem Messer. »Ohne dich würde ich das alles hier gar nicht schaffen. Ohne dich wäre ich wahrscheinlich heute Morgen unter dem Weihnachtsbaum auf dem Weihnachtsmarkt aufgewacht.« Anna lachte. »Oder in der Krippe, zwischen den Schafen. Vor allen Leuten!«

Jetzt musste auch Heike lachen. »Keine Angst, ich passe auf, dass dir das nicht passiert.«

»Danke.«

Anna biss in ihr Brötchen. Sie sah zu Heike. Die schenkte ihr ein sanftes Lächeln.

»Und bei dir?«, fragte Inka. Sie lehnte sich auf ihrer Seite der *Skype*-Verbindung näher an den Bildschirm heran. »Und keine Ausflüchte. Ich will wissen, wie es dir wirklich geht und nicht erst rumdiskutieren müssen.«

Heike grinste. »Mein Fuß macht große Fortschritte.«

Inka gestikulierte theatralisch in der Luft. »Das ist, als ob man gegen eine Wand spricht!«

Heike lachte. Sie trank einen Schluck Wasser. Nachdem sie das Glas wieder neben ihren Laptop abgestellt hatte, wischte sie einen Fussel von der Tastatur. »Ich habe bei ihr geschlafen.«

»Bitte?« Für einen kurzen Moment wackelte das Bild und verschwamm, als Inka sich mit ihrem Laptop bewegte. »Jetzt wird's interessant.«

»Nicht so, wie du denkst.« Heike rollte mit den Augen. »Wir waren auf dem Weihnachtsmarkt und sie hat etwas über den Durst getrunken. Dann habe ich sie nach Hause gebracht und bin die Nacht über bei ihr geblieben, um sicherzugehen, dass es ihr gut geht.«

»Und dazu musstest du wahrscheinlich all ihre Klamotten ausziehen und sie ganz nah an dich drücken.« Inka wackelte mit den Augenbrauen.

Heikes Blut begann bei der Erinnerung an die nackte Anna, die sie abgeduscht und ins Bett gebracht hatte, zu brodeln. »Na ja, nackt war sie schon ...«

»Das ist ja wohl der älteste Trick der Welt. Erst besoffen machen und dann vernaschen.« Inka zeigte mit dem Finger auf Heike. »Aber das war nicht die feine Art, Madam.«

»Ich habe doch gar nicht ...« Heike setzte sich auf. »Dass du so etwas von mir denkst!« Inkas Worte versetzten Heike einen Stich. »Ich dachte eigentlich, dass du mich gut genug kennst, um zu wissen, dass ich solch einen Zustand niemals ausnutzen würde.«

»Das war doch nur Spaß«, sagte Inka beschwichtigend. »Ich wollte dich nicht verletzen. Und ja, ich weiß, dass du viel zu nobel bist, um die Wehrlosigkeit einer holden Maid für deine Bedürfnisse zu nutzen.«

»Ich bin nicht nobel.« Heike fasste nach einem Stift, der auf dem Tisch neben dem Laptop lag und drehte ihn im Kreis. »Ich glaube, sie hat auch gedacht, dass ich ... also, dass wir ... du weißt schon ... dass wir Sex hatten.«

»Echt?« Inkas Augen weiteten sich. »Wie hat sie darauf reagiert?«

Heike betrachtete den Stift. »Ich bin mir nicht sicher. Sie war nicht schockiert oder so. Und auch nicht ...« Heike hob eine Schulter und atmete tief ein. »Ich glaube nicht, dass sie der Gedanke besonders abgeschreckt hat.«

»Was bedeuten würde ...«

»Nein.« Heike schnickte den Stift weg, atmete tief durch und sah zum Bildschirm. »Es würde gar nichts bedeuten.«

»Aber ...«

»Nichts, aber. Noch bevor wir überhaupt zum Markt gegangen sind, hat sie mir erzählt, dass sie sich mit ihrer Ex treffen will.«

»Oh.« Inka sah betroffen aus.

»Caro ...« setzte Heike an.

»Ihre Ex?«

»Ja.« Heike rollte mit den Augen. »Caro meinte wohl zu Anna, dass sie sich verändert habe und jetzt alles anders sei und dass sie eine zweite Chance will und bla, bla.« Heike wischte durch die Luft. »Ach, was weiß ich.«

»Ja. Das ist schön für *sie*.« Inka tat die Sache mit einem Kopfschütteln ab. »Aber da Anna das bestimmt nicht in Erwägung zieht, kann diese Caro doch reden was sie will.«

»Das ist das Problem.« Heike seufzte. »Anna schien der Idee gegenüber nicht ganz abgeneigt zu sein. Sie meinte, sie wisse selbst nicht so genau, was sie wolle.«

»Wie kann sie das denn nicht wissen?«

»Weil sie eine Frau ist«, erwiderte Heike wie aus der Pistole geschossen.

Von Inka kam nur ein Augenrollen zurück.

Heike zwang sich zu einem Grinsen. Doch als ein Bild von Anna und Caro vor ihrem inneren Auge erschien, war ihr nicht mehr nach scherzen zumute. »Inka?«

»Hm?«

»Ich glaube, ich habe mich in Anna verliebt.« Heike fühlte sich wie ein kleines Kind, das einem Erwachsenen einen Fehltritt beichten musste. Ihr Herz pochte wild in ihrer Brust.

»Ich weiß, Süße.« Inka strich mit einer Hand über ihren Bildschirm.

»Du …? Natürlich wusstest du das schon lange.« Heike versuchte erneut, nach dem Stift zu greifen. Aber sie hatte ihn zu weit weggeschoben. Stattdessen lehnte sie sich zurück und verschränkte die Arme vor der Brust.

»Seit wann weißt *du* es denn?«, fragte Inka sanft.

Heike hob beide Schultern an und ließ sie erst nach einer kurzen Pause wieder fallen. Sie starrte auf den unteren Rand des Bildschirms. »Keine Ahnung. Ich meine … ja, ich fand sie von Anfang an echt süß.« Heike leckte sich über die Lippen. Wie eigentlich ständig – bei Tag und Nacht – tauchte auch jetzt ein glasklares Abbild von Annas Gesicht vor ihr auf. Heikes Herz zog sich zusammen. »Aber ich wollte mich wirklich nicht in sie verlieben. Mit dem Training und meinem Fuß und all dem.« Heike sah auf. »Als sie dann von Caro geredet hat und dass sie sich treffen wollen ... Es tat weh.«

»Oh, Schatzi.« Inka verzog das Gesicht. »Kann ich irgendetwas für dich tun?«

»Nein.« Heike schüttelte den Kopf. »Da muss ich jetzt wohl durch.« Sie seufzte. »Das Schlimmste war dann auch noch, als sie so betrunken war – da wollte sie mich küssen.« Heike schloss die Augen.

»Und das ist nicht gut?« Inka klang überrascht. »Also empfindet sie doch etwas für dich.«

»Das glaube ich nicht.« Heike öffnete die Augen wieder und lächelte Inka gequält an. »Das war bestimmt nur, weil sie so hackedicht war. Wer weiß, ob sie nicht eigentlich sogar Caro vor sich gesehen hat, statt mich.«

»Das glaubst du doch wohl selbst nicht!« Inka schien entsetzt zu sein. »Also, so voll kann man doch gar nicht sein.«

Heike legte den Kopf schief und sah Inka an. »Ich sage nur Meisterschaftsfeier vor drei Jahren.«

Inkas Mund öffnete sich ein paar Mal, ohne dass ein Ton herauskam.

Heike grinste. »Ich kann mich noch sehr gut daran erinnern, als du und Thorsten ...«

»Scht!« Inka ahmte einen Reißverschluss über ihrem Mund an. »Du hast mir versprochen, das nie mehr zu erwähnen.«

»Entschuldige.« Heike grinste und wurde dann wieder ernst. Sie sah vom Bildschirm zu der Uhr an der Wand. »Hör mal, ich muss los. Miró wird sonst sauer, wenn ich zu spät komme.«

»Miró ...« Inkas Gesichtsausdruck wurde verträumt. »Hmm...«

Heike schüttelte lachend den Kopf und schnappte sich die Computermaus. »Ich kann ihn ja ganz besonders nett von dir grüßen.«

»Mach das mal.« Inka zwinkerte. »Und lass den Kopf nicht hängen, okay? Das mit Anna wird sich schon wieder einrenken.«

Heike nickte und lächelte. »Ja. Eine Freundschaft hat ja auch etwas für sich. Besser als gar nichts.«

»Stimmt. Sieht man ja bei uns.« Inka zwinkerte, ehe sie zum Abschied winkte.

Heike unterbrach die Verbindung. Sie schaltete den Computer mit einem Seufzen auf Stand-by.

Anna stellte den Teller auf dem Esstisch vor Caro ab. »Guten Appetit.«

Caro sah mit großen Augen auf das dampfende Essen herunter. »Wow! Das hast du alles gemacht?«

Anna zog die Schultern zurück und hob den Kopf. »Ganz allein. Ich bin gleich zurück.«

Anna ging zurück in die Küche und belud ihren Teller mit ihrer eigenen Portion. Als sie in die Essecke des Wohnzimmers zurückkam, saß Caro, die Arme unter dem Tisch, noch immer da wie ein Kind, das seinen Bewegungsdrang kaum bändigen konnte. »Ich kenne diesen Ausdruck in deinen Augen«, lachte Anna.

»Welchen Ausdruck?« Caro sah unschuldig auf.

»Dieses Leuchten. Mit dem Halbgrinsen.« Anna lächelte und setzte sich Caro gegenüber an den Tisch.

»Das ist die Vorfreude auf so ein leckeres Abendessen.« Caro wartete, bis Anna ihr Besteck anhob, ehe sie sich auf die Gans mit Klößen stürzte.

»Ich hoffe, es schmeckt.« Anna deutete mit dem Messer auf Caro. »Aber du musst mir ehrlich sagen, wenn etwas nicht passt. Das hier ist schließlich das Testessen für Heiligabend.« Anna sah Caro direkt an und versuchte die Reaktion auf ihre Worte in ihrem Gesicht zu lesen, aber Caro lächelte nur und schob sich den ersten Bissen Gans in den Mund. Anna wartete.

Es dauerte keine Sekunde, bis Caro die Augen mit einem tiefen Stöhnen schloss und auf dem Stuhl zusammensackte. »Oh Gott! Das ist so gut.«

»Danke.« Anna wendete sich ihrem eigenen Essen zu. Sie grinste in sich hinein.

Für einige Minuten legte sich Stille über den Raum. Nur das Klimpern des Bestecks auf den Tellern war zu hören. Es hatte fast schon etwas von einer altvertrauten Zweisamkeit.

Anna fasste nach ihrem Rotweinglas und trank daraus. Über den Rand sah sie zu Caro.

Caro grinste, hob ihr eigenes Glas und hielt es Anna entgegen. »Auf ... ja, was?«

Anna zögerte. »Keine Ahnung. Einen schönen Abend? Gutes Essen?«

Caro stieß ihr Glas gegen Annas. »All das. Und auf dich und mich.«

Anna stellte ihr Glas ab und räusperte sich. »Deswegen …« Sie schnitt ein Stück von der Gänsebrust ab und schob es durch die Soße.

»Nein, nicht.« Caro hielt eine Hand in die Luft. »Es ist alles gut. Ich wollte mich nur für deine Einladung bedanken. Es hat mich sehr gefreut, dass du mich angerufen hast.«

Anna sah über den Tisch zu Caro. »Das hatten wir ja so ausgemacht, wenn ich mich recht erinnere.«

»Ich habe es wirklich gehofft.« Caros Blick verband sich mit Annas. »Dass du mir die Chance gibst.«

In Anna regte sich etwas, als sie in Caros blauen Augen versank. Erinnerungen versuchten sich in den Vordergrund zu schieben. »Weißt du noch, bei unserem ersten Date? Als wir im Restaurant saßen. Das war so ein Schickimickiladen.« Anna kicherte.

»Oh Gott!« Caro hob die Hand vor den Mund. »Ich wollte dich beeindrucken.«

»Und deshalb hast du mich in das teuerste Restaurant der Stadt geführt?« Anna hob beide Augenbrauen mit einem Schmunzeln an.

»Wo die Portionen so klein waren, dass man selbst nach dem Fünf-Gänge-Menü noch Hunger hatte?« Caro kicherte. »Ja, das weiß ich noch. Zum Glück kamen wir danach am McDonald's vorbei.«

»Zum Glück gibt es da einen Drive-in.« Anna wackelte mit den Augenbrauen. »Mit dem riesigen Rotweinfleck auf der Bluse hätte ich mich nirgendwo reingetraut.«

Caro zog eine Grimasse. »Was kann ich dafür, wenn das blöde Glas genau im Weg meiner Hand stand? Und natürlich direkt auf dich umfallen muss.«

Anna lachte. »Das war ein Abend.«

Caro fiel in ihr Lachen ein. »Wir waren schon ein Paar, hm?« Sie zwinkerte über den Tisch.

Annas Lachen starb in ihrem Hals. Sie schluckte. »Ja, waren wir«, sagte sie todernst.

Auch das Funkeln in Caros Augen verschwand. »Es tut mir leid, Anna.«

»Hm?« Anna führte eine Gabel mit Kloß zu ihrem Mund. Sie sah zu Caro.

»Ich habe in unserer Beziehung so vieles falsch gemacht. Das weiß ich jetzt.« Caro legte ihr Besteck auf den Teller und wischte sich mit der Serviette über den Mund. »Mein größter Fehler war es, dich gehen zu lassen.«

Anna kaute auf dem Kloß herum, als ob er ein Stück Leder wäre.

»Das hätte ich niemals tun dürfen. Andererseits hat mir die Zeit ohne dich erst so richtig die Augen geöffnet.« Caro legte die Serviette ab und rutschte um den Tisch herum auf den Stuhl neben Anna. »In den letzten Monaten, seit wir uns im Mai getrennt haben, habe ich immerzu nur an dich denken müssen.«

Anna schüttelte langsam den Kopf. »Caro, bitte nicht.« Sie legte ihr Besteck ebenfalls ab. Die Hände ließ sie in den Schoß sinken.

»Wieso denn nicht?« Caro setzte sich quer zu Anna. »Wenn es doch die Wahrheit ist.«

»Die Wahrheit?« Anna hob die Hände und legte sie auf den Tisch. »Du willst mir etwas über die Wahrheit sagen?«

Caro schnaufte hörbar durch. Sie fasste nach Annas Hand. »Die Wahrheit ist, dass ich dich noch immer liebe.«

Alles in Anna erstarrte. In ihren Ohren begann es zu dröhnen. »Das will ich nicht hören.« Sie zog ihre Hand frei und stand auf. Dann fasste sie nach ihrem eigenen Teller. »Willst du noch etwas essen? Nachtisch habe ich keinen gemacht.«

»Anna.« Caro stand auf, zog den Teller aus Annas Griff und stellte ihn zurück auf den Tisch. »Bitte setz dich.«

»Nein. Ich ...« Anna wich Caros Versuchen, ihre Hände zu fassen und sie auf den Stuhl zurück zu ziehen, aus.

»Bitte.« Caro setzte sich selbst wieder hin und klopfte auf den Stuhl. »Ich verspreche, dass ich dich zu nichts dränge oder so. Aber wenn ich dir alles erklärt habe, wirst du vielleicht ... also ... vielleicht sieht dann alles schon anders aus.«

Anna zögerte. Die Hoffnung in Caros Augen genügte, ihren Widerstand zu brechen. »Dann rede.« Anna ließ sich auf ihren Stuhl fallen.

»Ja, mach ich.« Caro setzte sich gerade an den Tisch. »Ähm ... wo fange ich an?«

»Am Anfang«, erwiderte Anna kühl.

»Am Anfang.« Caro hielt die Fingerspitzen ihrer Hände gegen einander. »Du weißt, dass meine Eltern sich haben scheiden lassen, als ich noch klein war, richtig?«

»Ja.« Anna verschränke die Arme vor der Brust. »Das hast du mir in unserer Beziehung ja ständig als Entschuldigung gebracht.«

»Aber ich war mir nie darüber bewusst, wie sehr mich das wirklich verletzt hat.« Caro räusperte sich.

»Genug, um alles, was du jemals falsch gemacht hast, mit diesem fuuurchtbaren Trauma zu rechtfertigen.« Anna schüttelte den Kopf. »Bis jetzt habe ich nichts Neues von dir gehört.«

»Meine Eltern haben meinem Bruder und mir am Vierundzwanzigsten gesagt, dass sie sich trennen.«

Caros Worte waren so leise gesprochen, dass Anna Mühe hatte, sie zu verstehen. »Sie haben was gemacht?!«, fragte Anna alarmiert.

»Am Heiligen Abend.« Caro lachte verbittert auf. »Prima Zeitpunkt, oder?«

»Wieso würden sie ...« Anna drehte sich zu Caro. Als sie die Tränen in Caros Augen sah, verkrampfte sich Annas Magen. »Deshalb hast du Weihnachten immer so gehasst. Jetzt ergibt es natürlich Sinn.«

»Ja.« Caro lächelte Anna gequält an.

Anna studierte Caros Gesicht. Nach einem Moment zog sie den Blick fort. »Schau mich nicht so an.«

»Was meinst du?« Caro lehnte sich zu Anna hin.

Anna schnaufte und drehte sich wieder von ihr weg. »Ja, so eben. Mit den erzwungenen Tränen und dem leidenden Blick. Als ob du der einzige Mensch auf Erden wärst, der so etwas durchgemacht hat. Darauf falle ich nicht mehr rein.«

Aus den Augenwinkeln konnte Anna sehen, dass sich Caros Miene verfinsterte.

»Es tut mir wirklich leid, dass dir das passiert ist«, fuhr Anna mit ernster Stimme fort. »Aber ich habe es so satt, dass du das ständig als Entschuldigung hernimmst. Heute genauso wie damals in unserer Beziehung. Als ob es ein Freifahrtschein für alles wäre.«

»Ich weiß überhaupt nicht, wovon du sprichst.« Caro lehnte sich auf ihrem Stuhl zurück und verschränkte die Arme vor der Brust. »*Ich* versuche dir zu erklären, warum ich Weihnachten und diesen ganzen Familienmist immer so gehasst habe. Ja, ich gehe sogar extra los und kaufe Geschenke, nur um dir zu zeigen, dass ich für dich über meinen Schatten springen kann. Und was machst *du*? Trittst das alles mit den Füßen.«

»Warum raffst du eigentlich nicht, dass es nicht nur um Weihnachten geht?« Anna bemerkte, dass ihre Stimme lauter wurde. Sie presste die Lippen zusammen.

»Um was denn bitte sonst? Das war doch immer eines deiner Hauptanliegen, warum du ständig rumgenervt hast. Dieser ganze Scheiß von wegen Familie hier, Familie da. Als ob es nichts Wichtigeres im Leben gäbe. Und als ob es das Einzige wäre, was von Bedeutung ist.«

»Du hast dich echt keinen Deut verändert.« Anna schüttelte den Kopf und lachte tonlos auf. »Aber ich bin ja selbst schuld. Ich hätte es eigentlich schon beim letzten Mal merken müssen.«

»Hä?« Caro zog die Augenbrauen zusammen. »Was soll das denn jetzt bitte wieder heißen?«

Anna warf Caro einen finsteren Blick zu. »Wie du dich Heike gegenüber verhalten hast – das hat doch schon alles gesagt.«

Caro kniff die Augen zusammen, sodass sie fast nur noch Schlitze waren. »Ach, so ist das. Heike also. Darum geht es hier.«

Anna hielt Caros Blick stand. »Nein, es geht nicht um Heike. Es geht darum, dass du alles, was du verbockst, immer nur mit dieser Jammerschiene entschuldigen willst.«

Caros Augen wanderten über Annas Gesicht, als ob sie versuchten, irgendeine geheime Botschaft zu finden. Plötzlich ließ sie eine flache Hand auf den Tisch fallen. »Klar geht es nur um diese Heike. Prima! Was mache ich dann überhaupt noch hier?«

Anna zuckte bei dem Knallen von Caros Hand auf der Tischplatte zusammen. »Es geht nicht um Heike oder was ich für sie empfinde – oder auch nicht.«

Caro schoss in die Höhe. »Klar geht es das! Erst lockst du mich hierher und tust mit deinem blöden Essen so, als ob wir noch eine Chance hätten. Nur um mir dann auf die Nase zu binden, dass du dich in diese Heike verknallt hast!«

Anna sah mit weit aufgerissenen Augen zu Caro hoch. »Das habe ich doch gar nicht. Wir wollten ...«

Caros schrilles Lachen unterbrach Anna. »Das ist echt ein Witz!« Sie stürmte in Richtung Flur, drehte sich aber in der Tür wieder um. »Weißt du was? Vielleicht ist es auch *dein* Verhalten, das immer alles kaputt macht. Du tust so, als ob du ein Engel wärst. Ständig willst du über Gefühle quasseln und predigst irgendeinen Mist von Ehrlichkeit. Aber wenn es darum geht, anderen gegenüber ehrlich zu sein, dann gilt das für dich natürlich nicht.« Caro wirbelte herum und verschwand im Flur.

Die Wohnungstür fiel mit einem Rums ins Schloss.

Anna sah einige Momente in Richtung des Flurs, ehe sie auf ihrem Stuhl zusammensackte. »Es ist doch vollkommen egal, dass ich Heike liebe. Weil wir nur Freunde sind.«

Kapitel 6

»DIE POLIZEISTATION HABEN WIR. JETZT noch *Baby Bella* für meine Nichte. Die Krimis für meinen Vater. Das Rosenbuch für meine Oma bestelle ich online.« Mit einem Kugelschreiber berührte Anna der Reihe nach die Geschenke auf der Wunschliste.

Heike hob den Haufen Tüten, die bereits mit Geschenken vollgestopft waren, an. Sie sah sich in dem Spielzeuggeschäft um.

»Ach so«, Anna deutete mit dem Stift auf ein Geschenk auf ihrer Liste. »Der Pfeifenständer für meinen Opa fehlt noch. Den wünscht er sich schon seit Jahren. Vielleicht finden wir einen in dem Tabakladen ein paar Geschäfte weiter.«

»Baby Bella gibt's auf jeden Fall dort drüben – in der Mädchenabteilung.« Ohne auf Anna zu warten, ging Heike in die gegenüberliegende Regalreihe.

Anna stopfte den Schreibblock in ihre Umhängetasche. Beladen mit der Polizeistation folgte sie Heike. »Ich habe früher total auf Mädchenspielzeug gestanden.« Sie kicherte. »Mein ganzes Zimmer war vollgestopft mit Puppen. Und natürlich Plüschtieren. Die durften nicht fehlen.«

»Echt?« Heike stellte die Tüten ab. Sie zog eine Puppe aus dem Regal hervor. Mit einem Grinsen trat sie an Anna heran. »Hast du deinen Lieblingen auch so schicke Kleider angezogen wie das hier?« Heike verstellte die Stimme. »Bitte habe mich lieb, Anna. Du kannst mich kämmen und mir schöne bunte Röcke anziehen.« Heike ließ die Puppe vor Anna hin- und hertanzen. »Ich bin deine beste Freundin. Und wenn du mir Wasser durch den Mund gibst, pinkel ich in meine Windel. Wie ein echtes Baby.«

Anna lachte. Sie nahm Heike das Spielzeug mit einem spielerischen Augenrollen ab. »Der Kleiderschrank meiner Puppen war größer als mein eigener. Und zu deiner Information: Ich selbst habe ebenfalls Kleider angezogen. Sehr gern sogar.« Anna tat übertrieben verwundert. »Sag bloß, du hast nie Mama und Baby gespielt?« Sie richtete das verwuschelte Haar der Puppe.

»Gaaaaanz früher schon.« Heike zuckte mit den Schultern. »Aber ich war eher der Cowboy- und Indianer-Typ. Deshalb fand ich Kleider auch blöd. Die haben sich beim Spielen im Wald immer im Gebüsch verheddert.«

»Ein kleiner Raufbold, also?« Anna zwinkerte Heike an. Sie stellte die Puppe zurück ins Regal und nahm eine andere heraus, um sie zu betrachten.

Ein Bild von Heike in einem rosa Blümchenkleid erschien vor ihrem inneren Auge. Anna musste sich ein Grinsen verbeißen.

»Ich war auf jeden Fall mehr mit den Jungs der Nachbarschaft unterwegs als mit den Mädchen«, sagte Heike. »Vielleicht bin ich deshalb zu einer so schnellen Läuferin geworden. Weil ich den Jungs immer hinterherrennen musste. Irgendwann fanden die Mädchen mich doof und wollten mich nicht mehr dabei haben.«

Anna sah von der Puppe zu Heike. Sie lächelte, als sich ihre Blicke trafen. »Klingt so, als ob du eine aufregende Kindheit hattest.«

Heike überlegte kurz. »Soviel ich eben von meiner Kindheit hatte. Wegen all der Zeit, die für das Training drauf ging. Viele Möglichkeiten, mit anderen Kindern zu spielen, hatte ich eigentlich nicht.«

Anna überprüfte das Preisschild an der Puppe. Sie zählte in ihrem Kopf das wenige Geld, das nach den Einkäufen noch übrig war. Für die Puppe und den Pfeifenständer musste es auf jeden Fall noch reichen. Anna klemmte ihre Errungenschaft unter den Arm. Sie hob die Polizeistation auf und ging in Richtung Kasse.

Heike folgte ihr auf den Fuß.

»Du hattest keine schöne Kindheit?« Anna stellte sich an der Kasse an.

»Doch. Ich fand es toll, viel zu trainieren und jedes Wochenende zu Wettkämpfen zu fahren. Für mich gab es eigentlich gar nichts anderes.«

Für einen kurzen Moment war Anna sich nicht sicher, ob Heike das ironisch meinte.

»Echt? Bei mir gab es keinen Tag, an dem meine beste Freundin und ich uns nicht gesehen haben.« Anna drehte sich genau in dem Moment zu Heike um, als die ihre Aufmerksamkeit hastig von ihrem Hintern fortzog.

Durch Annas Magen lief ein Kribbeln.

»Haben deine Eltern dich zum Sportmachen zwingen müssen?« Anna versuchte mit aller Kraft, sich nicht anmerken zu lassen, wie nervös Heike sie gemacht hatte.

»Das nicht.« Heike lachte. »Sie waren eher darum bemüht, dass ich auch mal eine Pause einlege.«

Anna ließ den Blick zu Heikes Fuß fallen. »Jetzt hast du dafür leider genug Zeit.«

Heike winkte ab. »Es geht schon viel besser. In den letzten Wochen ist die Heilung irgendwie viel schneller vorangegangen. Auch wenn mein Physiotherapeut Miró mir das nicht glauben will. Er meint, es dürfte jetzt eigentlich gar nicht mehr weh tun.«

»Und ich habe nichts Besseres zu tun, als dich den ganzen Tag durch das Einkaufszentrum zu schleppen.« Anna verzog den Mund.

»Macht nichts. Meinem Fuß geht es gut.«

Heikes warmes Lächeln vertrieb Annas Besorgnis.

»Ich wünschte, ich könnte irgendetwas machen, was dir bei der Genesung hilft.«

»Du hast mir doch schon geholfen.« Heikes Lächeln wurde sanfter. Sie legte eine Hand auf Annas Schulter.

»Habe ich?«, fragte Anna.

»Du hast mich zum Beispiel von den Schmerzen abgelenkt. Das hat mir sehr gut getan.«

Anna blinzelte. Egal wie sehr sie es versuchte, sie konnte Heikes Augen nicht ausweichen. Mit einem Mal verschwamm alles um sie herum.

Anna machte einen kleinen Schritt auf Heike zu. Vorsichtig legte sie ihre freie Hand auf Heikes, die immer noch auf ihrer Schulter ruhte. »Ich …«

Ehe sie ihren Satz überhaupt richtig anfangen konnte, wurde Anna von der Verkäuferin an der Kasse unterbrochen. Die Frau räusperte sich laut.

Heike zog im selben Moment die Hand von Annas Schulter weg. Sie grinste verschmitzt.

Anna sah die Verkäuferin an. »Entschuldigung.« Ihre Wangen fühlten sich an, als ob sie leuchteten.

Die Frau hinter der Kasse schenkte ihr nicht mehr als ein genervtes Augenrollen, während sie Anna die Puppe abnahm und das Preisschild scannte.

Anna sah zu Heike. Die beschäftigte sie gerade mit einem Würfelspiel, das auf der Theke aufgestapelt lag. Ein warmes Gefühl umgab Anna.

»Also, was ist denn jetzt? Da warten auch noch andere Kunden!«

Das Klatschen, als die Verkäuferin eine Hand flach auf die Theke fallen ließ, riss Anna aus den Gedanken. Hastig zog sie ihren Geldbeutel hervor und reichte der Verkäuferin ihre EC-Karte. Nachdem sie bezahlt hatte und die Tüte mit der Puppe und der Polizeistation an sich genommen hatte, ging Anna in Richtung Rolltreppe.

»Die war ja vielleicht unfreundlich.« Heike stellte sich hinter sie, während sie ins Erdgeschoss fuhren.

»Sie hat eben viel zu tun.« Anna warf einen Blick über die Schulter.

Heike stand direkt hinter ihr. Sie hatte die nächste Stufe der Rolltreppe über Annas gewählt. Jetzt waren sie sich so nahe, dass Anna sich fast nach hinten gegen Heike lehnen konnte, ohne umzufallen.

Ehe Anna sich bewegen konnte, war die Fahrt schon vorbei und sie musste von der Rolltreppe herunter treten.

»Hast du Durst? Wir könnten rüber in den Coffeeshop gehen.« Heike nickte zur Ausgangstür des Geschäfts. »Ich war zwar schon eine Weile nicht mehr dort, aber vor ein paar Jahren hatten sie dort superleckere Bagels und Muffins.«

Anna grinste. »Du bist so eine Naschkatze!«

»Eben gar nicht.« Heike tat betroffen. »Nur weil ich auf süße Dinge stehe ...«

»Na, dann los.« Anna ignorierte das Brennen in ihrem Gesicht und eilte dem Ausgang entgegen.

»Haben wir jetzt eigentlich alles?« Heike stellte den Haufen Tüten neben dem Tisch im Coffeeshop ab. Mit jedem Geschäft waren es mehr und mehr geworden. »Deine Liste scheint gar kein Ende mehr zu nehmen. Willst du das ganze Einkaufszentrum leer kaufen?« Heike zwinkerte Anna an.

Anna grinste. »So gut wie. Der Pfeifenständer fehlt noch. Und was sich sonst so finden lässt. Zufällig.« Anna schmunzelte, während sie sich auf einen der beiden Stühle setzte. Sie griff nach einem kleinen Werbeaufsteller, der in der Mitte des Tisches stand.

Heike schüttelte lachend den Kopf. Sie zog die Jacke aus und hängte sie über den Stuhl.

»Und noch mal: Es tut mir wirklich leid, dass ich dich als Packesel missbrauche«, sagte Anna.

Heike setzte sich und spähte über den Tisch.

Anna lugte, ohne den Kopf anzuheben, zu ihr. Sie schob die Unterlippe nach vorn und sah Heike betroffen an.

»Solange die Betonung auf dem ‚Pack' liegt, ist das okay.« Heike zwinkerte.

Anna lehnte sich etwas zu Heike heran. »Ich würde dich doch niemals als Esel bezeichnen.« Sie setzte sich wieder gerade auf. »Als *Maultier* dagegen …« Anna studierte den Aufsteller demonstrativ interessiert. Um ihren Mund lag ein Grinsen.

»Maultier?!« Heike ließ ihre Stimme grell klingen.

»Wie bitte?« Anna sah mit einer Unschuldsmiene auf. »Hast du etwas gesagt?«

Heike knurrte spielerisch. »Nein, habe ich nicht. Du?«

»Nein. Ich doch nicht.« Anna wendete sich zum Thekenbereich, wo eine große Tafel mit den verschiedenen Varianten der angebotenen Getränke hing. Sie stellte den Aufsteller ab und stützte ihr Kinn auf eine Hand.

Heike sah Anna an. Eine angenehme Wärme breitete sich in ihr aus. Sie lächelte, als Anna sich ihr wieder zuwendete. »Und weißt du schon, was du willst?«, fragte sie.

»Eine heiße, weiße Schokolade mit einem ordentlichen Schuss Zimtsirup. Groß. Ich stehe nämlich nicht nur – wie du – auf süß, sondern auch auf groß.«

Ihre Blicke verbanden und hielten sich.

Heike wagte es nicht, sich zu bewegen. Ihr Hals schnürte sich zu.

»Ähm … Heiße, weiße Schokolade?« Heike erhob sich und warf dabei fast den Stuhl um. Sie bekam ihn gerade noch an der Lehne zu fassen. Ohne Anna erneut anzuschauen, schob sie ihn zurück unter den Tisch. »Sonst noch etwas?«

»Du musst nicht …«

»Ich will aber. Außerdem … Als Maultier ist es doch nur angebracht, dass ich die Sachen von der Theke zum Tisch schleppe.« Heike drehte sich um und lief in Richtung Theke. Ihr Herz pochte so wild in ihrer Brust, dass ihr schwindelig wurde. Hinter sich hörte sie ein leises Murren. Erst, als sie bei der Bedienung ankam, schaute Heike zurück.

Annas Blick war ihr gefolgt. Er schoss von ihrem Hintern in die Höhe, bis sie sich anschauen konnten. Sogar aus der Entfernung konnte Heike ausmachen, wie tiefrot Annas Wangen anliefen. Heike legte den Kopf schief, aber Anna wendete sich ihren Einkäufen zu.

»Was darf's für dich sein?«, fragte die Frau hinter der Theke und zog Heikes Aufmerksamkeit damit von Anna weg.

»Eine heiße, weiße Schokolade. Extra groß. Mit …«

Kapitel 7

»Mehr nach rechts … ja … so … nein …« Anna lief hinter Heike auf und ab. Sie hob die Hände in die Höhe und versuchte mit ihrem Arm, eine Linie in der Luft anzudeuten.

»Hast du keine Wasserwage?«, fragte Heike angestrengt vom Tannenbaum her. Sie hielt ihn jetzt schon geschlagene zwanzig Minuten. Ihre Arme fingen so langsam an, sich über die konstante Anstrengung zu beschweren. Heike spähte über die Schulter zu Anna.

»Die brauchen wir doch nicht.« Anna hielt inne und stemmte die Hände in die Hüften.

»Ein bisschen mehr nach links … ja … so. So ist perfekt!« Anna klatschte aufgeregt in die Hände.

»Dann kannst du ihn jetzt unten im Ständer festschrauben … bitte!« Heike deutete mit der Schuhspitze unter den Baum. »Da müssten drei Schrauben sein, die sich in den Stamm drehen.«

Anna ging auf die Knie und krabbelte unter den Baum. »Ja, ich sehe sie.«

»Die musst du zudrehen.« Heike schaute an sich herunter und direkt auf Annas in die Höhe gestreckten Hintern. Er lugte gerade noch unter den Ästen hervor. Heike musste sich ein Grinsen verbeißen.

Unter dem Baum kam ein Stöhnen hervor, als Anna mit voller Kraft an den Schrauben drehte.

»Nimm den Schraubenzieher zur Hilfe. Den kannst du wie einen Hebel benutzen, wenn du ihn in die Ösen an den Schraubenenden steckst.«

Anna befolgte die Anweisung kommentarlos. Keine Minute später kam sie unter dem Baum hervor.

Heike trat ebenfalls zurück. Sie zog die Handschuhe, die Anna ihr als Schutz gegen die Nadeln gegeben hatte, aus. Dann warf sie sie auf die Couch und streckte Anna eine Hand hin, um ihr beim Aufstehen zu helfen. Schlanke Finger schlossen sich um ihre Hand.

Heike wollte Annas Hand gleich wieder loslassen, aber Annas Finger öffneten sich nicht. Sie hielten Heikes Hand gefangen.

»Schau, ist er nicht toll?« Anna deutete auf den Weihnachtsbaum. »Dann noch der Stern von deiner Oma oben drauf, der Schmuck und die Kerzen. Das wird so schön aussehen.«

Heike nickte. »Ein besonderer Baum für ein besonderes Weihnachten.« Da Anna scheinbar gar nicht daran dachte, loszulassen, drückte Heike ihre Hand sanft.

»Danke. Du hast es mir möglich gemacht, dass er jetzt hier steht.« Annas Daumen streichelte ein paar Mal über die Rückseite von Heikes Hand.

Heike lächelte. »Es wäre doch zu schade gewesen, wenn du ihn auf der Fahrt auf das Dach geschnallt hättest und er dann alle Nadeln verloren hätte. Oder du den Baum.«

Anna grinste verschmitzt. »Jetzt müssen wir ihn nur noch schmücken.« Anna ließ Heikes Hand endlich los. Sie schaute sich nach der Kiste mit dem aussortierten Baumschmuck um.

Heikes Hand brannte, als ob sie einer der Kerzen auf dem Adventskranz zu nahe gekommen wäre. Sie versuchte zu ignorieren, dass die Hitze langsam ihren Arm hochstieg.

»Dann fangen wir besser an. Ich habe um 17 Uhr Krankengymnastik.« Heike stellte die Dekokiste auf den Tisch, der neben dem Baum stand, öffnete sie und holte einen kleinen Engel heraus.

»Hm ... schade.« Anna suchte sich ebenfalls ein paar Figuren heraus und fing an, sie am Baum aufzuhängen.

»Es sind doch noch ein paar Stunden. Bis dahin haben wir den Baum auf jeden Fall dreimal fertig.«

»Hm...«, machte Anna erneut. Nach einem kurzen Moment sagte sie: »Ist es nicht verrückt, dass morgen schon Heiligabend ist?«

Heike beobachtete Anna für ein paar Sekunden. »Die Zeit ist wie im Flug vergangen.« Sie musste sich ein Kichern verbeißen, als sie Annas Bemühungen sah.

Anna streckte sich mit einem Stöhnen so weit es ging nach oben. Verzweifelt versuchte sie, einen Anhänger an einem der oberen Äste aufzuhängen.

»War es nicht erst vor ein paar Tagen Ostern?« Heike trat hinter Anna und nahm ihr den Nikolaus ab. Dann hängte sie ihn an den Zweig, den Anna anvisiert hatte.

»Es ist nicht fair, dass du so groß bist und ich so klein.« Anna betrachtete Heike von Kopf bis Fuß. »Neben dir fühle ich mich wie eine Zwergin.«

Heike lachte auf. »Ganz so klein bist du doch gar nicht.«

»Ich reiche dir gerade mal bis ...« Anna legte eine Hand auf ihren eigenen Kopf. Dann bewegte sie die Hand von sich weg und auf Heike zu. Kurz vor Heikes Brustansatz stoppte sie. Ihre Augen lagen fest auf ihrer eigenen Hand.

Heike schluckte. Annas Blick brannte sich durch ihr Oberteil in ihre Haut.

»Bis wohin?«, krächzte Heike. Sie setzte an, einen Schritt zurück zu machen. Aber der Baum stand genau hinter ihr und machte damit ein Zurückweichen unmöglich.

»Bis ... dahin ...« Anna überbrückte die letzte Distanz. Sie legte die Hand flach auf Heikes Oberkörper, nur Zentimeter über dem Ansatz von Heikes Busen.

Heike schnaufte aus. Annas Hand strahlte eine angenehme Wärme ab, die sich über ihren ganzen Körper ausbreitete und schließlich in ihrer Mitte versickerte.

Heike sah, wie Anna sich langsam über die Lippen leckte. Ihre Augen waren noch immer auf ihre eigene Hand fixiert.

»Das ist ... doch groß genug.« Heike räusperte sich.

»Ich mag groß gewachsene Frauen«, stellte Anna fast beiläufig fest. Ihre Augen wanderten an Heike herab. Bis zu ihren Füßen. Dann wieder hinauf, bis sie auf Heikes Brüsten liegen blieben. »Aber auch die Kleinen können es in sich haben.« Erneut wanderte Annas Zunge über ihre Lippen.

Heike kniff die Augen zusammen. Mit jeder Sekunde, in der Anna sie anstarrte, wurde Heikes Puls schneller. Bis sie es nicht mehr aushielt.

»Sag mal, bist du wieder betrunken?« Heikes Stimme hörte sich in ihren eigenen Ohren irgendwie verzerrt an. Als ob sie jemand durch einen Computer gejagt und verstellt hatte.

Anna zuckte zusammen. Sie riss den Kopf hoch und starrte Heike aus weiten Augen an. »Was? Wieso denn betrunken? Nein … bin ich nicht. Ich hab nichts getrunken … außer Wasser … und Saft, aber das ist ja nicht das, was du meinst.«

Heike neigte den Kopf zur Seite. Nur langsam fand sie ihr inneres Gleichgewicht wieder.

»Dann ist es ja gut.« Heike nutzte Annas Schrecken, um einen Schritt zur Seite zu machen und ihr so endlich zu entkommen. Sie steckte die Hand in die Kiste mit Schmuck und wendete sich wieder dem Baum zu.

Anna blieb noch einen Moment regungslos stehen. Dann nahm sie einen Anhänger und stellte sich neben Heike an den Baum.

Annas Lippen zuckten in einem Lächeln. Doch statt etwas zu sagen, wendete sie sich zur Kiste ab, um nach der nächsten Figur für den Baum zu suchen.

»Sag mal … ähm … darf ich dich etwas fragen?« Heike zupfte an dem Flügel einer Engelfigur, die schon am Baum hing.

»Hm?« Anna nahm einen Strohstern und schaute über den Baum.

»Du und ... Caro ...« Nur mit Mühe brachte Heike den Namen über die Lippen.

Anna setzte an, den Stern an einen der unteren Äste zu hängen. Bei Heikes Worten erstarrte sie.

»Ich wollte nicht ... also ...« Heike rollte mit den Augen und schnaufte aus. »Ich wollte dich schon eine Weile fragen. Aber irgendwie ... kam ich nicht ... dazu.«

Anna bewegte sich immer noch nicht.

Heike betrachtete Annas versteinertes Gesicht. »Wenn du nicht darüber reden möchtest, ist das auch in Ordnung. Ich wollte nur ...«

»Nein«, Anna schaute zu dem Stern in ihrer Hand. »Wir können darüber reden.«

»Okay.« Heike ließ den Engel, an dem sie die ganze Zeit herumgespielt hatte, los und wendete sich der Dekokiste zu. Sie wartete.

Aber von Anna kam kein weiteres Wort.

»Habt ihr ...«

»Wir haben ...«

Heike schaute auf und direkt in Annas Augen. Eine Sekunde später mussten sie beide lachen.

»Ja?«, fragte Heike sanft. Sie legte die Handgelenke auf die Dekokiste.

»Wir haben uns letzte Woche getroffen.« Anna wendete sich ab. »Hier.«

»Hier?!« Heike presste die Lippen zusammen, als ihr bewusst wurde, wie laut das Wort hervorgekommen war.

Anna warf ihr einen fragenden Blick zu, ehe sie sich daran machte, die Krippenfiguren, die in Zeitungspapier eingerollt waren, auszupacken. »Ja. Ich habe eine Gans als Probeessen für morgen gemacht. Und ich dachte, das wäre eine gute Möglichkeit, das Gespräch hinter mich zu bringen.«

Heike lauschte Annas Worten. Ein ungutes Gefühl kroch über ihren Rücken nach oben bis in ihr Genick. Sie konnte Anna und Caro praktisch schon vor sich sehen: auf der Couch, in einer leidenschaftlichen Umarmung. »Und, wie lief es?«, fragte sie möglichst neutral.

»Nicht so toll.« Anna stellte eine der Figuren unter den Baum. »Sie hat mir endlich den Grund gesagt, warum Weihnachten immer so die Hölle für sie war.«

»Das ist gut, oder?« Heike konzentrierte sich auf den Schmuck in der Kiste, auch wenn sich alles in ihr immer mehr und mehr verkrampfte.

»All die Jahre, in denen wir zusammen waren, hat sie keinen Ton davon gesagt. Sie hat immer nur rumgenörgelt, es aber zu keinem Zeitpunkt von Nöten gehalten, mit mir darüber zu reden, dass ihre Eltern ihr und ihrem Bruder genau am Heiligen Abend ihre Scheidung eröffnet haben.«

»Oh.« Heike hielt inne. »Autsch.«

»Autsch?«

Heike spürte Annas Augen auf sich. Sie warf ihr ein nervöses Lächeln zu. »Ähm ... Ich kann nicht sagen, dass ich Caro besonders ... nett finde.«

Anna kicherte. »Ach nein?«

»Nein.« Heike kramte durch die Kiste. »Aber so etwas kann einen schon ziemlich fertig machen, denke ich.«

»Du verteidigst sie?«

Heike hörte in Annas angespannter Tonlage, dass ihr die Idee gar nicht gefiel.

»Caro? Ich?« Heike öffnete die Augen weit. »Nachdem sie mir praktisch verboten hat, mit dir zu sprechen?«

Annas Gesichtsausdruck wurde wieder weicher. »Das tut mir echt leid. Ich weiß auch nicht, warum ich nichts gemacht habe. Ich war einfach ...«

Heike konnte sich nicht mehr zurückhalten. Sie trat an Anna heran und legte eine Hand auf Annas Schulter. »Das ist okay. Es war kein so schöner Tag für dich. Vergessen wir das einfach, ja?«

Anna nickte. »Ja.«

Heikes Finger auf Annas Schulter kribbelten. Sie sah in Annas Augen. Sanft streichelte sie mit dem Daumen über ihr Schlüsselbein.

Annas Lippen öffneten sich einen Spalt. Erst nach zwei, drei Atemzügen sprach sie weiter: »Am besten, wir vergessen Caro auch gleich ganz. Sie hat mir noch eine böse SMS geschrieben, dass ich sie mal kreuzweise kann und dass ich mich ja nie wieder bei ihr melden soll. Was ich auch nicht vorhabe.«

Heike hielt inne und hob fragend eine Augenbraue.

»Wir haben uns an dem Abend hier richtig gestritten.« Anna wendete sich ab und ging in die Hocke, um die nächste Krippenfigur unter dem Baum zu platzieren. »Sie hat gehofft, dass alles vergessen und vergeben wäre, wenn sie mir die tränenreiche Geschichte ihrer Kindheit erzählt. Und dass wir wieder zusammenkommen würden.«

Heike schnappte nach Luft. Annas Worte bohrten sich wie ein Messer tief in ihren Magen.

Anna knüllte das Zeitungspapier zusammen und erhob sich. »Aber ich kann das nicht mehr.«

Heike griff nach irgendeiner Figur aus der Dekokiste und wendete sich dem Baum zu, um nach einer geeigneten Stelle zu suchen. »Wieso nicht?«, fragte sie mit bebender Stimme.

»Weil ...« Anna legte den Zeitungsknäuel neben die Dekobox.

Für einen kurzen Moment war es so still im Raum, dass Heike nur ihren und Annas Atem hören konnte.

»Weil ich sie nicht mehr liebe. Egal, was sie sagt.«

Heike drehte sich um und prallte fast mit Anna zusammen, die mit einer Packung Christbaumkugeln auf sie zukam.

Vor Schreck ließ Anna die Packung los.

»Vorsicht!« Heike bekam die Box gerade noch zu fassen, ehe sie auf den Boden fallen konnte. Mit weit aufgerissenen Augen und wild schlagendem Herz schaute sie von den Kugeln zu Anna. »Das war knapp.«

»Du hast vielleicht Reflexe«, stellte Anna fest.

Heike lächelte. »Ich wollte nur nicht, dass die Kugeln zerbrechen.«

»Manchmal lässt sich das nicht verhindern.« Anna sah in Heikes Augen. »Aber dafür gibt es dann neue ... Kugeln.«

»Ja. Die gibt es.« Heike lächelte. Mit einem zitternden Finger schob sie eine Haarsträhne hinter Annas Ohr. »Man muss sie nur finden.«

»Und wenn man sie gefunden hat«, Anna nahm Heike die Packung vorsichtig aus der Hand, »richtig gut festhalten.«

Heike zuckte zusammen, als Anna an ihr vorbei ging und sich ihre Arme dabei streiften. Ein Kribbeln floss über ihren Körper. Sie konnte hören, dass Anna hinter ihr die Packung öffnete und die Kugeln an den Baum hängte.

Heike blieb noch einen Moment stehen, bis sich ihr Herzschlag wieder beruhigt hatte. Dann wendete sie sich dem Baum zu.

»Ähm …Wie viele Leute kommen eigentlich zu deinem Fest?« Heike betrachtete den Baum eingehend. Dann nahm sie etwas Lametta, das neben der Dekokiste lag und verteilte es über die Äste.

Anna begann, ihre Gäste an den Fingern abzuzählen. »Warte mal, da wären ... meine Eltern. Meine beiden Tanten mütterlicherseits, jeweils mit Mann und Kindern. Dann mein Onkel väterlicherseits ... meine Großeltern mütterlicherseits ... die Eltern meines Vaters sind leider schon verstorben ... dann wären da noch ...«

Heike hatte ihre Arbeit bereits nach der Aufzählung der Großeltern gestoppt. Sie hörte gebannt zu, wie Anna immer mehr Familienmitglieder nannte.

»... also, summa summarum wären das dann 22 Gäste. Ohne meine Wenigkeit. Und ...« Anna hängte ein Holzplätzchen an den Tannenbau. Sie schielte zu Heike herüber. »Und ... was machst du jetzt eigentlich morgen Abend?«

Heike war in Gedanken immer noch damit beschäftigt, sich vorzustellen, wie es wohl war, so eine große Familie zu haben. Und die dann auch noch alle an einem Tisch zusammenzubringen. »Das ist ja echt unglaublich«, sagte sie mehr zu sich selbst als zu Anna. »Es muss toll sein, so eine riesige Familie zu haben. Langweilig wird es da bestimmt nicht.«

»Ich meine, wenn du nichts vorhast, und weil du ja gesagt hast, dass deine Eltern in Kanada bei deinem Bruder und seiner Frau sind, also, ja ... wenn du Lust hättest, dann ... dann könntest du ja hier herkommen und mit uns feiern. Natürlich nur, wenn du Lust hast. Und Zeit. Aber du musst auch gar nicht ... also, wenn dir das zu viel ist ... aber ...«

Heike hatte nicht viel von dem, was Anna gesagt hatte, mitbekommen. Außer die Worte *könntest du ja hier herkommen*.

»Das ist ein Familienfest. Würde ich da nicht stören? An so einem besonderen Abend habe ich hier doch nichts zu suchen.«

Anna lächelte. »Du störst nicht. Ohne dich hätte ich das alles nicht geschafft. Das Fest ist sozusagen dein Mitverdienst.«

»Du hättest das bestimmt auch ohne mich geschafft. Außerdem musst du mich doch nicht mit einer Einladung bezahlen. Nur weil ich dir mit dem bisschen Zeug geholfen habe. Heike legte eine Hand auf Annas Schulter und drückte sie leicht. Als erneut ein Kribbeln über ihren Arm floss, zog sie die Hand wieder zurück.

»Außerdem ... deine Familie kennt mich gar nicht.«

»Meine Familie freut sich immer, meine neuen ... Freundinnen ... also ... Bekannte, meine ich ... zu treffen. Und meine Mutter hat auch schon gefragt, was du so an Weihnachten machst. Ich glaube, sie will dich endlich kennenlernen.«

Heike hob die Augenbrauen an. »Du hast mit deiner Mutter über mich gesprochen?«

»Ich habe ihr nur erzählt, was für eine große Hilfe du bist. Ich glaube, sie hat sich etwas Sorgen darüber gemacht, dass ich das Fest ganz allein organisieren wollte.« Anna rollte mit den Augen. »Sie hat erst aufgegeben, mich zu nerven, als ich ihr erzählt habe, dass ich alle Hilfe, die ich brauche, mehr als zehnfach habe.«

»Das Meiste hast du doch aber allein gemacht.«

»Und ...« Anna drehte sich wieder dem Baum zu, um die nächste Figur aufzuhängen. »... *ich* würde mich auch freuen, wenn du kommen würdest«, sagte sie wie beiläufig.

Heikes Herz erwärmte sich. Ihr Magen begann zu kribbeln, als ob sie bei der Weltmeisterschaft im Finale stand. Als ob es auf der Welt kein größeres Glück geben könnte, als mit Anna den Heiligen Abend zu verbringen.

»Also? Was hältst du davon?« Anna drehte den Kopf nur ein winziges Stück zur Seite, um Heike anschauen zu können. »Ich will dich natürlich auch nicht bedrängen. Ich weiß ja nicht, vielleicht hast du schon Pläne für morgen.«

Heike wendete sich von Anna ab. »Habe ich nicht.« Sie sah zu Anna. »Ich hatte mir kurzzeitig überlegt, auch nach Kanada zu fliegen.«

Anna fuhr sich durch das Haar. »Und was ... ähm ... hält dich davon ab?«

Heike biss sich auf die Unterlippe. »Na ja, ich habe so einige Trainingstermine zwischen den Jahren. Und auch noch einiges an Krankengymnastik. Wenn ich nicht ganz außer Form geraten will, kann ich die nicht sausen lassen.«

Anna nickte nachdenklich. »Ah ... Okay ...«

Heike studierte Annas angespanntes Gesicht. Sie konnte sich ein Lächeln nicht verbeißen. »Ich würde mich sehr freuen, wenn ich kommen dürfte.«

Die Erleichterung war Anna sofort anzumerken. Sie atmete durch. Die Sorgenfalten über ihren Augen verschwanden von einer Sekunde auf die nächste.

»Schön ... schön.« Es war offensichtlich, wie sehr Anna versuchte, sich ihre Aufregung nicht anmerken zu lassen. Aber das Leuchten in ihren Augen verriet sie.

Heike schmunzelte in sich hinein.

Kapitel 8

»Deine Familie ist ganz wundervoll.« Heike betrat die Küche mit einem riesigen Stapel Teller in den Händen.

Anna stand am Spülbecken. Sie wusch die gröbsten Essensreste vom Geschirr ab. Als Heike ihre Ladung neben ihr abstellte, lächelte Anna. Und wie schon den ganzen Tag über, seit Heike gegen Mittag an ihrer Tür geklingelt hatte, kitzelte es in ihrem Magen.

»Freut mich, dass du deine Zeit genießt.« Anna füllte einen der vielen Töpfe mit Wasser.

»Lass mich das doch machen.« Heike legte eine Hand auf Annas Schulter, um sie sanft zur Seite zu schieben.

»Nein, ist in Ordnung. Du bist mein Gast und Gäste müssen bei mir nicht spülen.« Anna versuchte das Kitzeln auf ihrer Schulter, genau da, wo Heikes Hand lag, zu ignorieren.

»Und *du* hast heute schon genug gemacht. Bitte, lass mich spülen. Bitteee?« Heike zwinkerte Anna treudoof an.

Anna rollte mit den Augen und räumte den Platz an der Spüle. Sie trocknete ihre Hände an einem Küchenhandtuch und warf es auf den Beistelltisch. Dann halb sprang, halb zog sie sich auf die Arbeitsfläche neben der Spüle, so dass sie dort bequem sitzen konnte. »Denkst du, dass das Essen allen geschmeckt hat?«

Heike hatte den Topf mittlerweile wieder ausgekippt und füllte ihn mit sauberem Wasser. Sie fügte etwas Seife zu und stellte ihn zum Einweichen zur Seite. »Sie haben dein Essen geliebt. Es war perfekt!«

»Nicht vollkommen perfekt. Die zweite Gans hätte vielleicht noch fünf Minuten gebraucht. Ich fand, ihr fehlte dieses kleine Fitzelchen etwas. Verstehst du, was ich meine?« Anna rieb die Finger in der Luft zusammen, als ob sie ihrem Essen die entscheidende Würzung noch geben wollte, dann legte sie die Hände auf den Rand der Arbeitsfläche.

Heike seufzte. Sie trocknete sich die Hände ab. Dann trat sie ganz unvermittelt vor Anna.

Instinktiv schloss Anna die Beine. Sie schaute Heike an.

Heike hob einen Zeigefinger und deutete damit auf Anna. »Du. Musst ...« Mit jedem gesprochenen Wort kam der Finger näher und näher auf Anna zu. Bis Heike mit der Fingerspitze immer wieder gegen Annas Oberkörper stupste »Endlich. Damit. Aufhören. Dir. So viele Gedanken zu machen. Es *ist* alles perfekt.«

Bei jeder Berührung von Heikes Finger zuckte Anna zusammen. Kleine Stromschläge schossen durch ihren Körper. »Perfekt ist aber ein großes Wort.« Annas Blick fiel auf Heikes Mund.

»Aber es ist tatsächlich so. Du bist nun mal ...« Heike legte die Stirn kurz in Falten. »*Dein* Fest ist perfekt. Das ist das schönste Weihnachten, das ich jemals erlebt habe.« Heikes Hände landeten bei den letzten Worten auf Annas

Knien. Sie drückten sie sanft. »Und deine Familie empfindet es genauso. Also, Schluss mit deinen Ängsten. Genieß den Abend doch einfach.«

Anna lächelte.

»Es ...« Sie hob ganz langsam eine Hand und legte sie auf Heikes, die immer noch auf ihrem Knie ruhte. »Es bedeutet mir sehr viel, dass es dir hier gefällt, Heike«, sagte sie leise.

Zu mehr Kraft und Selbstsicherheit in ihrer Stimme war sie einfach nicht fähig. »Hey ...« Heikes Stimme war sanft und warm. »Schau mich an.«

Annas Herz begann, schneller zu schlagen. Mit einem Mal schien von Heikes Körper, der so nah vor ihr stand und sich gegen ihre Knie lehnte, ein helles Strahlen auszugehen. Heike legte die Finger ihrer freien Hand unter Annas Kinn. Ganz vorsichtig hob sie Annas Gesicht, bis sie sich in die Augen sehen konnten. Heike lächelte liebevoll. »Du hast keine Ahnung, was es mir bedeutet, hier zu sein. Mit deiner Familie ... bei dir.«

Annas Körpertemperatur stieg weiter und weiter an.

»Heike ...«, raunte sie. Ihre Augen lösten sich von Heikes und wanderten ganz langsam über Heikes Gesicht bis zu den leicht geöffneten Lippen.

Heike nahm ihre Finger von Annas Kinn weg. Stattdessen legte sie ihre Hand auf Annas Wange. »Ja?«, fragte sie kaum über einem Flüstern.

Anna konnte nicht mehr denken. Konnte nichts mehr sehen, außer Heikes wundervollen Lippen. Konnte nichts mehr spüren, außer der warmen Hand auf ihrer Wange. Zögerlich legte sie ihr Gesicht in die zärtliche Berührung.

»Ich …« Annas Stimme versagte.

Heikes Lippen weiteten sich in einem zarten Lächeln. Sie studierte Anna für einen Moment, als ob sie nach der Antwort auf eine noch gar nicht gestellte Frage suchen würde. »Du musst gar nichts sagen.« Mit der anderen Hand, die noch immer auf Annas Knie lag, schob Heike Annas Beine ein Stück auseinander. Dann lehnte sie sich zwischen ihnen gegen die Arbeitsplatte.

Anna ließ Heike gewähren. Die Hitzewellen, die über ihren Körper schwappten, sammelten sich in ihrer Mitte.

Heike begann, sich in Anna hineinzulehnen. Ihr Daumen strich wie der Flügel eines Schmetterlings über Annas Wange, liebkoste die weiche Haut.

Annas ganze Aufmerksamkeit ruhte auf Heikes Lippen. Ganz nah waren sie sich. Ihre heißen Atemzüge vermischten sich. Die Luft zwischen ihnen schien zu flimmern. Anna begann, sich vorwärts zu lehnen.

»Hey, Anna?!«, tönte es plötzlich aus dem Wohnzimmer. »Kommst du? Die Bescherung fängt gleich an!«

Anna erstarrte. Sie suchte Heikes Augen.

Heike hatte sofort innegehalten, als Annas Onkel aus dem Wohnzimmer zu ihnen gerufen hatte.

Anna leckte sich über bebende Lippen. Langsam gab sie dem Sog in Heikes Richtung erneut nach. Sie schloss die Augen. Ein Atemzug entrann ihrem halb geöffneten Mund.

»Annaaaaaa!« Annas Onkel wurde hörbar ungeduldiger.

Anna hielt inne. Fast schon konnte sie Heikes Lippen auf ihren spüren.

Heike stöhnte missmutig auf.

Das kleine Geräusch ging Anna durch und durch.

Sie öffnete die Augen. »Wir sollten zurück ins Wohnzimmer gehen«, flüsterte Anna, ohne sich weiter nach vorn zu bewegen. Auch wenn sie viel lieber hier geblieben wäre. Fern ab von ihrer Familie. Fern ab und ganz allein nur mit Heike.

Heike rollte mit den Augen. »Sonst stürmen die Kids noch die Küche.« Sie begann zu grinsen.

»Das würde Fragen aufwerfen.« Anna schaute zwischen Heikes leuchtenden Augen und ihrem Mund hin und her.

»Fragen, die Großtante Irmgard bestimmt gerne beantworten würde.« Das Schmunzeln um Heikes Lippen wurde breiter. Sie bewegte den Kopf in die andere Richtung, so dass auch Anna ihren andersherum neigen musste. Gerade so, als ob sie schon in einem tiefen Kuss versunken wären.

Annas Blick blieb an Heikes Lippen hängen.

»Das wäre der Skandal des Abends«, raunte Heike.

Anna knurrte frustriert, hob die freie Hand und legte sie knapp über dem Ansatz von Heikes Brüsten auf ihren Oberkörper. Eine Sekunde später vergrub sie die Finger in dem Stoff von Heikes Bluse, als dann schon drei Stimmen aus dem Wohnzimmer zu hören waren.

»Anaaaaaaaa! Heikeeeee! Jetzt kommt doch!«

»Denk nicht, dass du mir so einfach entkommst«, drohte Anna spielerisch.

»Ich baue darauf.« Nachdem sie ein letztes Mal sehnsüchtig zu Annas Mund gesehen hatte, richtete Heike sich wieder auf. Sie hielt Anna eine Hand hin, um ihr von der Arbeitsfläche zu helfen.

Anna schloss die Finger um Heikes Hand und ließ sich von ihr aus der Küche führen. Erst als sie gemeinsam in den Türrahmen zum Wohnzimmer traten, befreite sie ihre Hand aus Heikes Griff.

»Da seid ihr ja endlich! Wir warten nur noch auf euch!« Annas Onkel deutete hektisch zu den Geschenken, die vor dem Baum ausgebreitet waren. Die Kinder der Familie hatten sich schon darum versammelt und starrten mit großen Augen auf den Geschenkeberg.

Anna spähte zu Heike. Die zwinkerte sie kurz an. Eine warme Hand landete auf Annas Rücken, nur wenige Zentimeter über ihrem Hintern.

Anna fuhr zusammen, sobald sie die leichte Berührung spürte. Schon diese kleine Geste brachte sie ins Wanken.

»Guckt mal!« Annas fünfjährige Nichte sprang plötzlich auf und ab. Sie deutet mit dem Finger auf Heike und Anna. »Ihr steht unter dem Mistelzweig! Ihr steht unter dem Mistelzweig!«

Anna hatte die Worte gehört. Irgendwo in ihrem Gehirn wurden sie auch verarbeitet. Aber es dauerte ziemlich lange, bis es endlich zu ihr durchdrang, was das bedeutete. Sie riss die Augen auf und schaute über sich. »Wer hat den denn da hingehängt?«

»Ich nicht«, antwortete Heike tonlos.

Anna konnte Heikes Augen auf sich spüren. Ganz langsam wendete sie sich ihr zu.

»Küssen! Ihr müsst euch küssen! Küssen!« Annas Nichte tanzte von einem Bein auf das andere. Sie strahlte über das ganze Gesicht.

Anna schluckte schwer. Sie studierte Heikes Gesicht. In den blitzenden Augen, den schmunzelnden Lippen erkannte sie plötzlich Vergnügen. Als ob Heike sich darüber amüsierte, dass sie so entsetzt war.

Mit einem Mal wich alles Kribbeln aus Anna. Alle Hitze, die die Nähe mit Heike in der Küche in ihr entfacht hatte, war wie ein Schwelbrand einfach erstickt worden.

»Dann bringen wir es am besten mal hinter uns, nicht wahr?« Anna drehte sich zu Heike und hob das Gesicht an.

Heike grinste breit. Sie stellte sich ebenfalls vor Anna. Ohne zu zwinkern, schaute sie auf Anna herunter.

Im Raum wurde es plötzlich totenstill. Anna konnte alle Blicke wie kleine Nadelstiche in ihrer Haut spüren. Unter ihr tat sich langsam aber sicher ein Loch auf. Nur noch ein paar Sekunden und die Erde würde sie mit Haut und Haar verschlingen.

Anna schloss die Augen. Sie spitzte den Mund. *Eins ... zwei ... drei ...*, zählte sie innerlich.

Heike hob eine Hand und legte sie auf Annas Gesicht. Ganz vorsichtig und sanft.

Annas Körper durchlief bei der zarten Berührung ein Schauer. Eine Gänsehaut bildete sich auf ihren Armen. *Fünfundzwanzig! ... Sechsundzwanzig! ... Verdammte siebenundzwanzig! ...*

Und dann lehnte Heike sich ihr entgegen.

... Dreißig!!! ... Einunddreißig! ...

Anna konnte Heikes Atem auf ihrem Gesicht spüren. Er floss über ihre Wange, dann an ihrem Mund vorbei.

»Bist du bereit?«, fragte Heike, nur noch wenige Zentimeter von Annas Mund entfernt und laut genug, dass alle im Raum es hören konnten.

Das Kichern ihrer Familie schien sich über Anna wie eine Gewitterwolke zu sammeln. Sie nickte hastig.

Und dann küsste Heike sie. Ganz leicht nur. Und ganz schnell. Genau neben ihren Mund. Es war kaum eine Berührung und Anna bemerkte fast nicht, dass alles schon vorbei war.

»Fertig!« Heike stellte sich wieder gerade hin.

Im Raum blieb es still. Und auch Anna wusste nicht, was sie machen sollte. Sie hatte die Augen fest zusammengedrückt und wieder zu zählen begonnen. Aber jetzt öffnete sie sie langsam.

Heike grinste sie an und zog die Hand von ihrer Wange zurück.

Im nächsten Moment wurde die Stille des Raums vom Klatschen und wilden Zurufen durchbrochen.

Anna hörte es. Aber sie konnte sich nicht bewegen. Konnte nichts sagen und erst recht nichts denken.

Heike grinste immer noch. Sie wendete sich ab. »Du kannst deinen Mund wieder zumachen«, flüsterte sie Anna im Vorbeigehen ins Ohr. Dann setzte sie sich, als ob nichts gewesen wäre, neben Annas Mutter zurück an den Tisch.

Anna presste die Lippen fest zusammen. Sie hatte nicht einmal mitbekommen, wie ihr Mund aufgefallen war.

Sie schluckte, drehte sich um und ging weiter in den Raum hinein.

Anna wagte es nicht, zu Heike zu schauen. Sie hielt unschlüssig an, bis ihre Tante auf den Stuhl neben sich klopfte und sie einlud, sich während der Bescherung zu ihr zu setzen. Anna ließ sich auf den Stuhl plumpsen. Das Lächeln ihrer Tante erwiderte sie wie ferngesteuert.

»Bist du böse auf mich?« Heike stand im Wohnzimmer am Tisch und suchte die schmutzigen Servietten zusammen. Sie konnte hören, wie Anna die Wohnungstür schloss. Die letzten Gäste waren endlich gegangen.

Einen kurzen Moment später kam Anna zurück ins Wohnzimmer. »Hm?« Sie griff nach den Gläsern auf dem Tisch.

Heike richtete sich auf und versuchte, Annas Aufmerksamkeit für sich zu gewinnen. Aber Anna hatte sie schon seit dem Kuss unter dem Mistelzweig nicht mehr angeschaut. »Ich habe gefragt, ob du böse auf mich bist? Habe ich etwas falsch gemacht?«

Heikes Magen zog sich zusammen. Sie schaute zu dem Mistelzweig.

»Nein, nein. Du hast nichts falsch gemacht.«

Annas angespannte Stimme riss Heike aus den Gedanken. Sie sah zu Anna herüber, aber Anna lief, ohne sie weiter zu beachten, mit den zusammengesammelten Gläsern aus dem Zimmer. Heike verzog den Mund.

Anna betrat den Raum wieder. Sie sammelte die Tischdeko ein und legte sie in eine Kiste.

»Aber irgendetwas ist doch mit dir.« Heike stopfte die Servietten in eine Plastiktüte.

»Mit mir? Nein, mit mir ist nichts. Was soll denn schon sein?«

»Anna, bitte. Sprich doch mit mir.« Der Frust nagte an Heike.

»Es gibt nichts zu sagen, Heike.« Anna blickte eine Millisekunde auf. Dann, als sich ihre Augen trafen, ganz schnell wieder fort. »Manchmal merkt man eben, dass die Kugeln, an die man sich geklammert hat, doch nicht das sind, was man sich erhofft hat.« Sie nahm die Kiste mit der Tischdeko und drehte sich zur Tür, um das Wohnzimmer zu verlassen.

Aber Heike war schneller. Sie durchquerte den Raum mit nur zwei Schritten und fasste nach Annas Arm.

»Geh nicht weg«, hauchte sie.

Anna blieb stehen. Ihre Finger verkrampften sich um die Kiste in ihren Händen.

»Was ist passiert, Anna? Warum bist du plötzlich so ... so ...«

»So, was?«, erwiderte Anna tonlos. »Ich mache nichts.«

»Irgendetwas ist doch passiert. Du warst vorhin in der Küche nicht so.« Heikes Herz verkrampfte sich.

»In der Küche ...« Der Schatten eines Lächelns huschte über Annas Gesicht. Doch ehe er bis in ihre Augen vordringen konnte, war er schon wieder verschwunden. »Das war ... Es war eben einfach in der Küche.«

»Was meinst du damit? ‚Das war eben einfach in der Küche'?«

»Ich meine es genau so, wie ich es gesagt habe.« Jetzt schaute Anna Heike direkt an.

Heike suchte in Annas Augen nach irgendeinem Gefühl. Einer Regung, die ihr verraten würde, welche dunklen Gedanken durch Annas Kopf schwirrten. Aber außer unendlicher Traurigkeit konnte sie nichts erkennen.

»War es das zwischen uns?« Heike musste mit sich kämpfen, um die Frage aussprechen zu können.

»Ich glaube schon.«

»Aber wieso denn?« Heike öffnete und schloss den Mund mehrfach. Wie ein Fisch, der an Land verzweifelt nach Luft schnappte. Genauso verzweifelt fühlte sie sich in diesem Moment.

»Es tut mir leid. Ich hatte es mir doch auch ganz anders vorgestellt. Ich wollte, dass es anders wäre. Bitte glaub mir. Aber ich kann es nicht ändern.« Annas Stimme klang hilflos. Tränen sammelten sich in ihren Augen.

Heike schüttelte den Kopf. »Ich verstehe das nicht … Was ist denn … mit der Küche?«

Anna zuckte mit den Schultern. »Die Küche war … sie war nicht …« Annas Augen hoben sich zu dem Mistelzweig.

»Was? Sie war was?« Heike schaute auf.

Der Mistelzweig schien wie ein Damoklesschwert über ihnen zu hängen. Eine falsche Bewegung und es würde auf sie niederfallen und sie in zwei teilen.

»Ich weiß nicht, was du von mir hören willst, Heike.« Anna drehte sich langsam zu Heike hin und schaute zu ihr auf.

»Ich ... ich ...« Heike sah von dem Zweig fort und auf Anna. Auf ihr Gesicht, das so gequält wirkte. Auf ihre Augen, die sie so leer anschauten. Auf die Lippen, die noch vor wenigen Stunden vor Begehren nach dem ersten Kuss gebebt hatten. Die ihr so nah gekommen waren, dass kaum mehr ein Blatt Papier zwischen sie gepasst hatte.

Heike hob eine zitternde Hand in Richtung von Annas Gesicht.

Anna wich den sich nähernden Fingern mit dem Kopf aus. Aber sie blieb trotzdem an Ort und Stelle stehen. »Heike ... nicht ...«, flüsterte sie.

Aber Heike hörte nicht zu. Sie legte zwei Finger gegen Annas Mund.

Anna zuckte zusammen.

Heike folgte der Linie von Annas Lippen mit den Fingerspitzen, streifte Annas Wange sanft. Dann machte Heike einen kleinen Schritt auf Anna zu. Sie schob die Hand über Annas Wange nach hinten in ihr Genick.

Der zärtlichen Berührung folgte eine Gänsehaut. Ein merklicher Schauer lief durch Anna.

Heikes Augen lagen auf Annas Mund. Mit der Zungenspitze fuhr sie sich über die eigenen Lippen.

Annas Augen folgten der Bewegung.

»Ich will ... Bitte lass mich ... nur ein einziges Mal ...«, brachte Heike hervor. Ihre Stimme kratzte in ihrem Hals. Ganz langsam lehnte sie sich Anna entgegen, behielt Annas Gesicht dabei im Blick, suchte ihre Augen.

Annas Augen schlossen sich. Sie streckte sich nach oben und Heike entgegen.

Und als sich ihre Lippen das erste Mal berührten, da atmeten sie beide tief aus.

Heike hob die andere Hand und legte sie ebenfalls in Annas Genick. Zog sie fester gegen sich.

Ein Stöhnen aus Annas tiefstem Inneren war die ersehnte Antwort.

Das Verlangen übermannte Heike. Sie vertiefte den Kuss, fuhr mit der Zunge über Annas Lippen, bat um Einlass.

Anna gewährte ihn ihr. Als sich ihre Zungen trafen, umeinander tanzten, sich gegenseitig erforschten, ließ Anna die Kiste in ihren Händen los. Sie fiel mit einem lauten Scheppern zu Boden.

Heikes Hunger wuchs. Ihr Körper fing Feuer, brannte lichterloh. Sie stöhnte tief in Annas Mund.

Anna beantwortete den Kuss mit genauso viel Begehren. Ihre Hände versanken in Heikes Haar, zogen sie fester an sich.

Atemlos brach Heike von Annas Mund fort. Ihre Lippen schmerzten. Doch sie konnte nicht anders. Sie brauchte mehr. Wie ausgehungert küsste sie sich an Annas Hals entlang nach unten.

»Oh Gott ... Heike ...«

Annas Stimme summte in Heikes Ohren. »Nicht Gott ...«, raunte Heike gegen Annas glühende Haut.

Anna warf den Kopf ins Genick, stolperte rückwärts, bis sie die Wohnzimmerwand neben der Tür traf.

»Nicht weggehen«, hauchte Heike, während sie Annas Bewegung folgte. Annas Haut brannte auf ihren Lippen.

Ganz deutlich konnte sie Annas wild schlagenden Puls an ihrem Hals erfühlen.

Annas Finger lösten sich aus Heikes Haaren und griffen nach den Knöpfen von Heikes Hemd. Flink öffneten sie einen nach dem anderen.

Heike grinste, als sie an Annas Hals entlang leckte, die salzige Haut probierte. Dabei von Annas Stöhnen animiert wurde, nicht aufzuhören. Sie ließ Annas Kopf los und schob die Hände stattdessen unter das Shirt.

»Deine Haut ist so heiß«, flüsterte Heike. Fast hätte sie reflexartig die Finger zurückgezogen, als sie mit der Glut unter dem Stück Stoff das erste Mal in Berührung kam.

Doch statt zurückzuweichen, schob sie die Hände nach oben. Über Annas Bauch bis hoch zum Beginn der Rippen.

Anna öffnete den letzten Knopf an Heikes Bluse.

Heike lehnte sich ein Stück zurück, um sich von dem störenden Stoff zu befreien.

Die Bluse flog in hohem Bogen durch das Wohnzimmer. Sie landete mitten auf dem Tisch. Gefolgt von dem Trägerhemd, das Heike darunter getragen hatte. Und auch Annas Shirt segelte im nächsten Moment zu Boden.

Ehe Anna protestieren konnte, drückte Heike ihre Lippen auf die Haut an Annas Brustansatz.

Anna streckte den Rücken durch, lehnte so nur noch mit der Schulter gegen die Wand.

»Der BH …«, forderte sie atemlos, während ihre eigenen Hände Heikes Sport-BH nach oben schoben, dann über Heikes Kopf abstreiften.

»Langsam«, flüsterte Heike. Aber ihre Finger hörten nicht auf ihre Worte. Sie schlüpften nach hinten und öffneten Annas BH.

Kaum, dass er zu Boden gefallen war, stöhnte Heike auf. »Gott ... du bist so schön. Wie konnte ich dir nur so lange widerstehen?«

Anna suchte Heikes Augen. Sie lächelte. »Küss mich.«

Heike brauchte keine zweite Aufforderung.

Ihre Lippen trafen sich, erst ganz vorsichtig und in dem Versuch, sich zu beruhigen. Sich Zeit zu nehmen. Doch als sich ihre Zungen fanden, da konnten sie beide sich nicht mehr zurückhalten. Immer intensiver, immer tiefer wurde der Kuss. Immer fordernder.

Bis Heike sich löste. Sie lehnte sich herunter und begann, Annas Brüste mit den Lippen zu erforschen. Mit der Zunge ein tiefes Stöhnen aus Anna zu locken.

»Ins Schlafzimmer ...« Anna vergrub die Finger in Heikes Haaren, zog Heikes Kopf fester gegen ihren Oberkörper. »Jetzt ...«

»Zu. Weit. Weg ...« Heike knabberte an Annas Schlüsselbein. Doch Anna stieß sich von der Wand ab und fasste nach Heikes Hand. Ohne zurückzuschauen, zog sie Heike hinter sich her ins Schlafzimmer.

Als Anna wenige Stunden später aufwachte, war es noch immer stockdunkel, aber von draußen strahlte ein helles

Licht in ihr Zimmer. Als ob die Straßen von Scheinwerfern erleuchtet wurden.

Anna blinzelte und schaute zum Fenster. »Es schneit!« Sie riss die Augen auf und fasste nach dem Arm, der sie umschlungen hielt. »Schau, es schneit!« Anna konnte ihre Aufregung kaum bändigen. »Weiße Weihnachten!«

»Hm hmm…«, kam die verschlafene Antwort von hinter ihr.

Ein Kribbeln durchfuhr Annas Körper. Langsam aber sicher schien auch ihr Erinnerungsvermögen wieder zu sich zu kommen. Und damit alles, was geschehen war.

Anna grinste, während sie Heikes Arm ein Stück anhob. In Zeitlupe drehte sie sich um. Die Schatten in ihrem Zimmer streichelten Heikes Gesicht. Trotzdem konnte Anna das zufriedene Lächeln sehen.

Anna legte zwei Finger auf Heikes Lippen. »So weich.«

Das Lächeln auf Heikes Gesicht weitete sich. Sie schürzte die Lippen und drückte einen Kuss auf Annas Finger. Ihre Augen aber hielt sie verschlossen.

»Es war doch genau so, wie ich es mir erträumt hatte«, flüsterte Anna.

»Und noch viel besser«, erwiderte Heike. Ihre Stimme war vom Schlaf rau. Nacheinander öffneten sie die Augen. Als sich ihre Blicke endlich trafen, zwinkerte Heike.

Lange schauten sie sich nur an.

Anna spürte, wie sie immer tiefer in Heike versank.

Mit wild schlagendem Herzen nahm Anna allen Mut zusammen. »Seit wann hast du es gewusst?«

»Dass du …?« Heike hob die Hand und deutete zwischen sich und Anna hin und her.

»Ja.« Die Hitze stieg Anna in die Wangen.

Heike drehte den Kopf und spähte zur Uhr auf dem Nachttisch. »Seit ungefähr fünf Stunden und 26 Minuten.«

Anna hob eine Augenbraue. Sie sah ebenfalls zur Uhr. Dann zurück zu Heike, die sie frech angrinste. »Du hast vorher nichts geahnt?«

»Nein, nicht so richtig.« Heike lachte. »Na ja, da war dieser Abend auf dem Weihnachtsmarkt.«

»Der Markt?« Annas Atem stockte.

»Hm …« Heike nickte nachdenklich.

Anna schluckte. »Sag jetzt ja nicht, dass wir …«

Heike sah sie mit neutralem Gesichtsausdruck an.

»Oh Gott …« Anna legte die Finger vor den Mund.

Heike nahm Annas Hand und küsste sie sanft. »Keine Angst. Ich habe dich zwar ins Bett gebracht. Aber du hast allein geschlafen.«

Ein Stein fiel von Annas Herz. »Aber … was war denn dann?«

Heike lächelte. »Du hast mir gesagt, wie schön du mich findest.«

»Oh.« Annas Wangen wurden heiß. »Na ja, also … das stimmt ja auch.« Sie grinste und strich eine Strähne aus Heikes Gesicht. »Du bist wunderschön und hast mir schon von Anfang an, den Atem geraubt.«

Heikes Augen begannen zu leuchten. »Echt?«

»Ja, klar.« Anna zuckte mit den Schultern. »Ich konnte gar nicht anders, als dich immer wieder anzuschauen. Das hast du nicht bemerkt?«

Heike schüttelte leicht den Kopf. »Nein.«

Anna grinste. »Dann ist es ja gut.«

»Wieso?« Heike sah zu Annas Hand. Zärtlich streichelte sie mit der anderen über Annas Finger.

»Weil ich nicht wollte, dass du es bemerkst.« Anna rollte mit den Augen, als Heike sie anblinzelte. »Ich wusste ja nicht, ob du ... also, was du ... ob du mich genauso wolltest. Als du mich damals beim Plätzchenbacken gehalten hast ... da wurde mir ganz anders. Es war wunderschön, dir nah zu sein. Aber du hast mich so plötzlich weggeschoben ... Ich war mir sicher, dass du mich gar nicht so berühren wolltest. Und mir erst recht nicht nah kommen wolltest.«

»Aber ich wollte es von der ersten Sekunde an.« Heike legte eine Hand auf Annas Wange. »Vom ersten Augenblick an, an dem ich dich gesehen habe, konnte ich an nichts anderes mehr denken als an dich.« Ein Schimmer erschien in Heikes Augen. »Ich habe es lange nicht wahrhaben wollen, aber ... diese Gefühle waren immer da.«

»Seit dem Parkplatz?« Anna war baff.

»Du meinst, wir hätten ...« Sie verstummte.

Heike lachte auf. »Na, wenn es dir auch so ging, wie mir, dann hätten wir wohl schon ... ja.«

»Gleich, da, auf dem Parkplatz.« Anna wackelte mit den Augenbrauen.

Heike kicherte. »Das wäre etwas unpassend gewesen. War ja doch ziemlich viel los an dem Tag.«

Anna grinste von Ohr zu Ohr. Nach einem kurzen Moment wurde sie ernst. Sie ließ ihre Augen über Heikes Gesicht wandern. »Und trotzdem hast du mich unter all diesen Menschen gefunden. Verrückt, oder?«

»Dann sollte es wohl einfach so sein. Weihnachten ist schließlich das Fest der Liebe.«

Annas Herz blieb fast stehen.

»Und wenn schon Weihnachten ...«, flüsterte sie.

»... dann richtig«, beendete Heike den Satz, lehnte sich vor und schloss Annas Mund mit einem sanften Kuss.

Über Verena Martin

Verena Martin wurde 1980 in Aschaffenburg geboren. Die Leidenschaft für das Schreiben erfasste sie schon in Kindheitstagen, als sie in der Grundschule lieber Geschichten zu Bildern erfand, als Rechenaufgaben zu lösen. Von Xena-Fanfiction wechselte sie zum Schreiben von lesbischen Liebesgeschichten in einem Internetforum, bis ihr erstes Buch 2012 bei einem Verlag erschien.

Wenn Verena nicht gerade an der Tastatur sitzt und neuen Figuren Leben einhaucht, jagt sie in ihrem Brotjob Verbrecher. Sie liebt es, mit ihrer Frau bis zum frühen Morgen auf der Spielekonsole zu zocken oder mit ihren zwei Hunden die Weinberge um Würzburg unsicher zu machen.

E-Mail: Verena.Martin@outlook.de
Facebook: www.facebook.com/VerenasCorner

Ebenfalls im Ylva Verlag erschienen

http://www.ylva-verlag.de

Cabernet und Liebe

Jae

ISBN: 978-3-95533-148-1
Länge: 353 Seiten

Schon seit ihrer Kindheit stellen die albernen Streiche ihres Bruders Annies Geduld auf eine harte Probe. Jakes neuester Streich bringt das Fass endgültig zum Überlaufen. Er hat sie zu einem Blind Date mit Drew Corbin überredet – und dabei *vergessen* seiner heterosexuellen Schwester zu sagen, dass Drew eine Frau ist.

Annie und Drew hecken einen Rachefeldzug aus und tun so, als hätten sie sich Hals über Kopf ineinander verliebt.

Auf den ersten Blick haben die beiden nichts gemeinsam. Enttäuscht von ihrem bisherigen Liebesleben konzentriert sich Annie auf ihre Katze und ihre Karriere als Buchhalterin, während die selbstbewusste Drew ihre Zeit am liebsten mit ihrem Hund und der Arbeit in ihren geliebten Weinbergen verbringt.

Anfänglich eint sie nur der Wunsch, Jake endlich einen Denkzettel zu verpassen. Aber was als Streich beginnt, stellt rasch Annies und Drews Leben auf den Kopf. Die Grenze zwischen Lüge und Wirklichkeit verschwimmt immer mehr.

Liebe à la Hollywood

Jae

ISBN: 978-3-95533-202-0
Länge: 281 Seiten

Amanda, eine Femme aus Überzeugung, hat endlich eine Rolle in einer beliebten Fernsehserie ergattert. Sie ist wild entschlossen, sich ganz auf ihre Karriere zu konzentrieren und sich durch nichts und niemanden ablenken zu lassen. Erst recht nicht durch eine Butch wie Michelle.

Nachdem ihre letzte Beziehung in einem Desaster geendet ist, hat Michelle geschworen, sich nie wieder mit einem Hollywoodstarlet einzulassen. Eine Möchtegerndiva ist das Letzte, was sie in ihrem Leben gebrauchen kann, und das erste Zusammentreffen lässt sie glauben, dass Amanda genau zu dieser Sorte Schauspielerin gehört.

Aber nach einem Date, das eigentlich keines ist, und angestachelt durch Amandas neugierige Großmutter, fragen sich beide, ob es nicht an der Zeit ist, einer Liebe à la Hollywood doch eine Chance zu geben.

Heiße Schokolade für zwei

Ein lesbischer Kurzroman

Alison Grey

ISBN: 978-3-95533-175-7
Länge: 123 Seiten

Es ist erst eine Woche her, seit Scarlett Julia ihre Liebe gestanden hat. Eigentlich sollte sie jetzt im siebten Himmel schweben, aber ihre überwunden geglaubte Homophobie nagt noch immer an ihr, als sie versucht, Julia näher zu kommen.

Wird Scarlett es schaffen, alle Zweifel hinter sich zu lassen und sich ganz auf eine Beziehung mit Julia einzulassen?

Heiße Schokolade für zwei ist die kurze Fortsetzung des Romans *Zwei Seiten* und gibt Antworten auf die Fragen, ob Scarlett mit Julia glücklich werden kann, wie Scarletts beste Freundin Nathalie mit einer unerwarteten Neuigkeit umgeht und ob heiße Schokolade wirklich bei fast allem hilft.

Gemalt für dich

Sara Engels

ISBN: 978-3-95533-086-6
Länge: 139 Seiten

Eine Geschäftsreise führt die Projektleiterin Tali für ein paar Tage nach Paris. Auf dem Montmartre begegnet sie der Künstlerin Inès, die sie porträtiert. Gemeinsam machen sich die beiden Frauen auf zu einer Reise durch Paris, auf der sie nicht nur die Stadt der Liebe entdecken, sondern auch völlig unerwartete Gefühle.

Und schon bald muss jede für sich eine Entscheidung treffen.

Demnächst im Ylva Verlag

http://www.ylva-verlag.de

Vorsicht, Sternschnuppe

Jae

Sternschnuppen sollen eigentlich Glück bringen, vor allem in der Vorweihnachtszeit, aber Austen erlebt das glatte Gegenteil. An ihrem ersten Tag im neuen Job soll sie den Weihnachtsbaum in der Lobby schmücken, aber Dee, die stellvertretende Chefin der Firma und ein zwanghafter Kontrollfreak, ist mit der Anordnung der Kerzen so gar nicht zufrieden.

Als Dee versucht, die Kerzen neu zu arrangieren, fällt ihr prompt der Stern, der die Spitze des Baumes ziert, auf den Kopf.

Dee macht ihre Kopfwunde dafür verantwortlich, dass sie sich zu Austen hingezogen fühlt. Sie ist entschlossen, ihre Gefühle zu ignorieren, vor allem auch deshalb, weil Austen keine Ahnung hat, dass Dee ihre Vorgesetzte ist.

L.A. Metro
Diagnose Liebe

RJ Nolan

Dr. Kimberly Donovans Leben gleicht einem Scherbenhaufen. Nicht nur, dass ihre ärztliche Moral angezweifelt wird – kurz darauf wird sie auch noch von ihrer Familie und ihrer Geliebten betrogen. Fest entschlossen, einen Neuanfang zu wagen, flieht sie nach Kalifornien, ans L.A. Metropolitan Hospital.

Dr. Jess McKenna, Leiterin der Notaufnahme am L.A. Metro, verleiht dem Ausdruck emotional zurückhaltend eine völlig neue Bedeutung, aber das hat seine Gründe.

Als Kim und Jess sich kennenlernen, spüren sie sofort eine große Anziehungskraft. Gefühle, die Jess seit Jahren unterdrückt hat, erwachen in ihr, wecken aber auch düstere Erinnerungen. Um die Fehler der Vergangenheit nicht zu wiederholen, beschließen die beiden Frauen, nur Freundinnen zu sein – insgeheim aber wünschen sich beide mehr.

Werden die Dämonen der Vergangenheit ihre gemeinsame Zukunft zerstören, bevor sie überhaupt begonnen hat? Oder kann das L.A. Metro nicht nur Kranke, sondern auch verwundete Herzen heilen?

Wenn schon Weihnachten
Verena Martin

Bibliografische Information der Deutschen Bibliothek
Die Deutsche Bibliothek verzeichnet diese Publikation in der Deutschen Nationalbibliografie; detaillierte bibliografische Daten sind im Internet über http://dnb.ddb.de abrufbar.

ISBN 978-3-95533-269-3

Dieser Titel ist auch als E-Book erschienen.

Erste Auflage 2014

Kontakt:
Ylva Verlag, e.Kfr.
Inhaberin: Astrid Ohletz
Am Kirschgarten 2
65830 Kriftel

Tel: 06192/7039881
Fax: 06192/7039347

www.ylva-verlag.de
info@ylva-verlag.de

Amtsgericht Frankfurt am Main HRA 46713

Lektorat: Devin Sumarno
Korrektorat: K. Troka
Umschlaggestaltung: Streetlight Graphics
Printlayout: Streetlight Graphics

Lightning Source UK Ltd.
Milton Keynes UK
UKOW02f2220271014

240675UK00001BA/25/P

9 783955 332693